HOTEI SABUROU
布袋三郎

イラスト イシバシヨウスケ

異世界領地改革
～土魔法で始める公共事業～

プロローグ

「リディア母さま、おはようございます。今日もいい天気ですね」

カインが毎朝の訓練を終えて身体を清め、食堂に向かうとリディアが一人食卓に着いていた。

「……」

リディアは食前の香茶のカップを手で包みぼーっとしている。

「リディア母さま？」

「えっ？　ああ、カイン、おはよう……。ごめんなさい、ちょっと考え事をしていたわ」

アリスが出発してから、度々こんな様子のリディアを見かける。二人はいつも一緒に何かをしていたので寂しくてしょうがないのかもしれない。

朝食が始まっても、手を止めてため息をついたり、空席のアリスの席に向けて何かを話しかけようとして、いないのに気付き俯いたりと、アリスロスはかなり重症そうだった。普段のリディアに戻るまでもう少しかかるかもとカインは考えていた。


カインは朝食中のリディアを思い出し、何か元気づける事はできないかと考えながら自室に向かっていると、ため息をつきながら歩いてくるルークに出会った。

「父さま、おはようございます。ため息なんてどうされました？」

カインがルークに朝の挨拶をするが、ルークは何も答えず考え事をしているのかカインにぶつかりそうになる。

「父さまっ！」

「おおっ、すまん。カインか？　考え事をしていた。怪我はないか？」

ルークはぶつかる寸前でカインに気付き立ち止まり、ぶつかっていない事も分からない様子でカインの身体を触り怪我がないか確認してきた。

「大丈夫です。ぶつかる前にお父さまが止まっていただいたので。それよりもどうされたのです？　悩み事ですか？　何かお仕事でお困りですか？　ランドルフはまだ戻るまでに時間がかかりそうですし、困りましたね」

カインがルークの悩みについて考え始める。

「いや、仕事は順調だ。ランドルフがいない間の仕事を前倒しで処理したからな」

ふんすっと胸を張ってドヤ顔をしながら、仕事は問題ないと主張してきた。筋肉質のルークが胸を張るとひんやりとしていた空気が少し暑苦しくなってくるのは気のせいだろうか。

「それよりも、今年も夫婦の日が近付いてきた。毎年アリスに相談して、それとなくリディアの欲しい物を聞き出していたのだが……出発のごたごたで忘れていたのだ……」

「そ、それは、ヤバいですね」

この国では冬の終わりのこの時期に、無事に冬を乗り越えられたことを祝う日がある。雪の降らないサンローゼ領でも冬越しの準備を怠ると簡単に凍死したり、餓死したりする。例年少なくない数の領民が命を落とす。

厳しい冬を越すために、夫婦は協力して準備し冬の間も互いに気遣いながら家族を守っていくのだ。

始まりは定かではないが、冬の終わりとされる日に、夫は妻に冬の間の手仕事で作った物をプレゼントし感謝を伝え、妻は冬の保存食を使用して料理を振る舞う日となった。

近年では、普通にお互いの欲しい物をプレゼントし合うと変わりつつあるが、お祝いをする事は変わらず。ちなみに、夫がこの日を忘れる事が巷では良く起きる。結果、最悪離婚を言い渡されたり、しばらく相手にしてもらえないなどの事が起きるらしい。

「カイン、何か良いアイディアはないか？　頼む、力を貸してくれ」

ルークは、小さなカインの両肩をがっしりと掴み懇願してくる。

「痛いです、父さま。分かりましたから、協力しますから少し力を緩めてください」

「す、すまん。じゃあ、頼んだぞ！」

ルークは爽やかな笑みを浮かべ足早にその場を去っていった。

――まだ解決していないのにそんなに安心しきっているけど大丈夫かな？　でも失敗は許されないね。リディア母さまを元気づけたかったし丁度良いかも。

カインは、ルークを見送った後何が良いか考えながら書庫へ向かった。

「うーん、普通女性への贈り物ってなんだろうな？　宝飾品？　衣服？　花束？　どれも時間がかかるよね。あとは……スイーツかな？　でもこの冬の時期だと新鮮な果物はないと思うしなぁ？　焼き菓子かな？」

どんなスイーツが良いかとぶつぶつ呟きながら書庫の机の上に〝勇者様の書〟を広げスイーツのレシピが書いてある章を開いた。

「さてさて、リディア母さまが喜びそうなスイーツはあるかな？　カステラとクレープは作ったよね。

やっぱり記念日の王道といったらあれかな？」

パラパラとページをめくり目当てのレシピを探す。なかなか見つからずレシピの章が終わりに近付いたときようやく見つかった。

「『スポンジケーキの作り方』、そうそうこれだよ。やっぱり甘いホイップクリームをのせてショートケーキが王道だよね！」

カインは、レシピを木板に書き写し厨房に向かった。

「ロイド料理長は、相談に乗ってくれるかな？　昼食前だけどアリス姉さまもランドルフ達もいないから人数が減っているし、そんなに忙しくないいと思うけど大丈夫かな？　忙しい時のロイド料理長怖いんだよねぇ」

厨房に近付くとなにやら甘い良い匂いがしてきた。

――あれ？　なんか甘い匂いがしてきたな？　なにを作ってるんだろう？

「ロイド料理長いますか？」

カインは厨房の扉を開けながらロイド料理長を探した。

厨房の扉を開くと廊下に漂っていた甘い香りが更に濃くなり、厨房中に甘い香りが充満していた。

「お、カイン坊ちゃん。何か用ですか？」

「うん、ちょっと作ってもらいたいものがあって来たんだけど、この甘い香りは何？　ロイド料理長こそ何を作っているの？」

カインは、鼻をクンクンしながらロイド料理長に尋ねた。

「ああ、これは焼き菓子の試作品を作ってましてね。リディア様とカイン坊ちゃんのおかげで新しい食材のミルクやバターが手に入ったので、色々時間を見ては試しているんですよ。あのミルクは色々使えて凄い食材です。次々と新しいレシピが浮かびますよ」

ロイド料理長は、とても興奮した顔でミルクの凄さを語ってくれた。

「料理長～、そろそろ頃合いですよ！」

「おう、今行く。まだ開けるなよ！　カイン坊ちゃん試作品が出来上がったようです。どうです試食しませんか？」

「もちろん！　この甘い香りを嗅いでから食べたくてしょうがなかったよ」

カインはとびっきりな笑顔で同意した。厨房のテーブルには、料理人がお皿を持って試作品が配られるのを待っていた。

「よしっ！」

掛け声と共に、ロイド料理長がオーブンより少し大きめの深底のフライパンを取り出す。途端に今まで以上に甘い香りが厨房中に広がった。フライパンからはみ出るように膨らんだ、見るからに柔らかそうな黄金色のそれがテーブルに運ばれてきた。

ロイドがそれにナイフを入れると、柔らかさを証明するようにナイフが沈んだ。そして、人数分に切り分けられ皿に取り分けられた。

「よし、それではいただこう」「「「はい」」」

カインは、心中で『いただきます』を言ってからフォークで小さく切り分けて口に運んだ。

「「「おおおっ、美味しい!!!」」」

「うん、上手くできたな。でも少し甘みが足りないか。ハチミツをかけて食べると丁度良いか?」

ロイド料理長が皆の反応に満足しながら、試食をしていた。

――さすがロイド料理長！　ミルクが手に入っただけで、作り上げてしまうなんて。早くこのレシピを見せて完成形の物を作ってもらい、そしてもっと美味しい物を作ってもらおう！

「ロイド料理長！」

「なんです、カイン坊ちゃん。お気に召しましたか?」

「もちろん！　最高に美味しかった！　でもこれをもっと進化させてみない?」

そう言うとレシピの書いてある木板を渡す。

「なんですか?　……こ、これは?」

ロイド料理長は不思議な表情をしながら受け取り、内容を確認すると先ほどまでにこやかだった表情が固まり、すぐに興奮を隠しきれない表情へと変わった。

「カイン坊ちゃん、これは!?　あのレシピでは?」

「うん、そう。〝勇者様のレシピ〟。でもロイド料理長はやっぱり凄いや。勇者様しか知らない物をミルクが手に入ってすぐに作っちゃうんだから。びっくりだよ」

「いえいえ、まだまだです。私は、まだ誰も作っていない料理を生み出すのが目標なので。でもこれはレシピを見るだけで美味しそうです。明日にも早速作ってみますね」

「うん、よろしく。でも一つだけお願いがあって、ゴニョゴニョゴニョ」

カインはロイドに耳打ちをする。

ロイド料理長は、とても良い笑顔になり、

「それは良いアイディアですね。私も同じ物を妻に渡したいと思います」

それから、二人はテーブルの端っこの方に陣取りあれこれと話し合いをした。

カインは、夕食を食べてからルークの執務室に向かった。いつものように扉をノックすると、今日は室内からルークの声で返事があった。

――あれ？　そうだった、ランドルフがいなかったんだ。

「父さま、お待たせしました。ご依頼いただきました件、ご報告に伺いました」

羊皮紙の束を机に高く積み上げながら、執務をしていたルークの表情が緩む。

「おおっ、待っていたぞ！　すまないな、大分時間を使わせてしまったようだな」

「いえいえ、そんな事はないですよ」

――やばい、すぐに思い付いたけど〝賢者様の本〟を読んでいて遅くなったなんて言えないな。

「それで、私は何をリディアにプレゼントすればよいのだ？」

「はい、リディア母さまは甘いお菓子がお好きなので、ロイド料理長と協力してケーキを作っていただきます」

「ケーキ？　ロイド料理長とお菓子を？　私は今まで料理など野営で肉を焼いた経験しかないが。食べられる物が作れるか？」

「大丈夫です、ロイド料理長と僕が付いていています。リディア母さまを喜ばせましょう！」

がっしりと二人は握手をして、リディアを絶対に喜ばせるぞ！　と決意を固めた。

❖❖❖

ようやく太陽が昇り始めた早朝、荷車を引く音を立てながら子供と大人二人が歩いている。

「ううーん、寒い。朝はまだまだ冷えるねぇ？」

カインは冷えた指先を吐くと白くなる吐息で温めながら牛舎に向かって歩いていた。

「そうですね、今日は夫婦の日ですがまだまだこれからも寒い日が続きますからね」

ガーディは大きな体をなるべく小さくし荷車を引きながら返答した。

「カイン様、そんなに寒いですか？　このサンローゼ領は雪も降らないので、全然寒く感じないのですが？」

バルビッシュは息が白くなるくらい寒い朝なのに、薄手の長袖と皮のスラックスだけだった。防寒着を着込んでいるカインやガーディからすると風邪を引きたいのかと問いたいくらいだった。

「バルビッシュの故郷は、とても寒い所なんだね。サンローゼ領でも寒い僕には、行けそうにないや」

ここよりも寒いなんてと想像したら、震えが来たカインだった。

そんな話をしていると、目的の牛舎が見えてきた。牛舎の前で一人女性が掃き掃除をしていた。

「ナナ！　おっはよー！」

「あっ。おはようございます、カイン様。お待ちしておりました」

「うん、今朝はよろしくね。ハナコ達は元気かな？　トニーも？」

「はい、お気に掛けて頂きいつもありがとうございます。サンローゼ領に来てからは安心して過ごさせて頂いております」

「それは良かった！　ナナ達が元気じゃないとハナコ達が悲しむからね」

久しぶりに会ったナナと挨拶をしていると、トニーが全速力でこちらに走って来る。

「カイン、久しぶり。元気だったか？　お屋敷に行ってもなかなか会えないし寂しかったぞ」

「えっ、本当ー、嬉しいな」

拳を数回ぶつける二人だけのオリジナル挨拶をして、最後にガシっと握手をしてニカっと笑った。

牛舎の方からハナコとトンコの声が聞こえてきた。

「ぶももも－、ぶも－」「ぶもぉ－」

「おっと、いけね。ハナコ達が早くカインを連れて来いって怒ってる。もたもたしてると置いていくぞ！」

「僕の方が速いもんねー」

二人は競うように牛舎に向かって走り出した。

「「ハア、ハア、ハア」」

「カイン速いな⁉」

「そんな、事ないよ。トニーこそ速いじゃないか⁉」

「まあ。俺は、毎日トンコと追いかけっこをして鍛えているからな」

「そんな事言ったら僕だって！」

二人は膝に手を突き下を向きながら、互いの速さに吃驚（びっくり）していた。ちなみに、カイン達が走り出した瞬間バルビッシュも走り出し、二人が息をきらして喘いでいる時に涼しい顔で周囲の警戒を行っている。

「トニー、カイン様がお怪我でもしたらどうするの！　あれほど大人しくしていなさいと言ったのに」

ナナは、握りしめた拳を使ってトニーの頭に愛の鉄拳を落とした。

「い、痛いよ姉ちゃん！」

「あなたが、言いつけを守らないからじゃない！　分かってないならもう一発！」

「う、うそだよ。もうやめて」

トニーは頭を守るように手のひらや腕を使ってガードした。

――本当にいつも仲がいいよねー。

カインはじゃれ合っている二人を見て王都にいるアリスを思い出していた。

「さってと、このくらいあればいいかな？　ハナコ。いつも美味しいミルクをありがとうね」

乳しぼりを終えたカインは立ち上がり、ハナコの顔の方に近づきやさしく撫でた。

今日は少し多めに生クリームが欲しかったから、いつもより少しだけ多めにハナコのミルクを貰った。ハナコがカインに『もっと大丈夫よ』と言っているとトニーが教えてくれたが、トンコの分がなくなっちゃうと大変だからと辞退した。

ガーディとバルビッシュが、絞ったばかりのミルクの入った大甕(おおがめ)を荷車に載せた。いつもはガーディだけでミルクの運搬を行っているが、今日はいつもより多めに欲しかったのと二人に会いに来たかった為、カインが同行したのだった。

「カイン様、本日はご訪問頂きありがとうございます。またいつでもいらしてください」

「そうだぞ、来てくれないとハナコが寂しがるからな」

ナナは微笑みながら、トニーは少し照れながら見送ってくれた。

「ありがとう。今度はお土産を持ってくるからねー。またねー」

遠くなっていく二人を荷車の荷台から手を振りながら見ていた。二人とお別れが済むとカインは大甕が倒れないように、ぶつからないように荷台に乗って押さえる役をしていた。

「おっと、痛て。大甕三つはちょっと多かったかな？　ガーディ重くない？」

荷車の上から片腕で器用に荷車を引くガーディに声を掛ける。

「全然大丈夫ですよ。カイン様に押さえて頂いているのでいつもより速く歩けて助かります」

いつもの倍くらいの重さになっているのに、軽々荷車を引くガーディの背中がちょっとカッコイイなと思うカインだった。

扉に立ち入り禁止の木札が下げられ、昼食後は静かになる厨房が、いつもと違い騒がしい。二〇人近い男達が三角巾を頭に被り、エプロンをして集まっていた。

ロイド料理長が、パンパンと手を叩きながら厨房の中央に移動する。

「よし、皆。準備は良いか？　夕食まであまり時間がないから段取り良く進むように、こちらの指示には従ってくれよ。それでは、先ず始めに発起人である、お館様からご挨拶を頂く。お館様お願い致します」

「うむ」といつものように返事をしルークがロイド料理長の横に移動する。

「皆の者、良く集まった。予想より人数が多く若干驚いているが、今日はそれぞれの家庭円満の為に全力を尽くすように！」

「「はい!!」」

言葉だけを聞いていると格好いいが、三角巾とエプロンをした姿では、笑いが込み上げてくる。

――誰だよー、父さまのエプロンを選んだのは、小さくてはち切れそうだよー。

カインは込み上げてくる笑いを必死に堪えながら心の中でツッコミを入れた。

「ありがとうございます、お館様。それでは、各班に分かれて作業開始！」

「「はい！」」

ロイド料理長の号令に参加者が気合いのこもった返事を返し散らばっていく。

「父さま、僕達も始めましょう！」

「うむ、始めに何をすれば良い？」

カインが作業開始をルークに促し、ルークが指定の作業台についた。

「まず、この手ぬぐいで手を拭いた後、このプレーンケーキを丸い型を使って抜いてください」

今回、ロイド料理長が作ったスポンジケーキの名前を、何にするかかなり悩んだ。なにせこの異世界にはスポンジがないから説明のしようがない。これから色々なケーキが、作り出されると予測しロイド料理長と二人で決めた。それらを作り出されたケーキをデコレーションケーキと呼ぶ事もすでに決定済みだ。

「この丸い型は良くできているな、領内にこのような物を作る工房があっただろうか？」

「それは、バルビッシュが作ったんですよ。この後使う泡立て用の道具もです。バルビッシュが優秀で助かってます」

「ふむ、優秀な人材はそれだけで財産になるからな。大事にするんだぞ」

「はい」

とても良いアドバイスを真剣な表情で言われたが、三角巾とエプロン姿ではお笑いにしか思えない。カインは笑いを一生懸命こらえながら真面目に答えた。

他の作業台でも直径一〇cm位に作られた丸い抜き型を使い、厚さ二cm位のプレーンケーキ二枚を切り出している。いくら切り出しの型があっても普段料理などしない男達にとっては難しいらしく、きれいに切り出せなかったり、余分な物が残ってしまったりとてんやわんやしていた。

参加者が大体切り出しが終わった所で、ケーキ作りを手伝っている若い料理人が声を掛ける。

「それでは、次に作業台に置いてあるフルーツを銀貨くらいの大きさに切って、六個用意してください。選ぶフルーツは奥さんや渡す相手の好きなフルーツを選んでくださいね。ケーキを渡す時に、『君の好きなフルーツを多めに入れた』など説明をするとより特別感が伝わりますよ」

自分の好みで選びそうになっていた、男達を制し納得させていた。ちなみに、本日用意したフルーツは、ワイルドベリーのシロップ漬け、ドライオランジ（オレンジ）を戻しハチミツ漬けにした物、アッポル（リンゴ）の砂糖漬けの三つだ。

この時期市場でフルーツは高く、参加者に用意が難しいと考えルークに提供を頼んでみたところ快諾してくれた。これには、参加者全員が感謝をしていた。

「カイン。リディアはワイルドベリーとアッポルが好きだから、この二つにしようと思うがどうだ？オランジも入れた方が良いと思うか？」

「その二つで良いと思いますよ。食感を考えて少し厚めに切り出すといいと思います」

カインのアドバイスを聞いて、ルークは大きな手を使って一所懸命にフルーツを切り出していた。

フルーツの切り出しが終わる頃に、各作業台に白い液体の入った木のボールが運ばれてきた。みんな初めて見る食材に、どう使うのかざわつき始める。

「はい、フルーツは切り終わりましたね。これから力仕事です。各作業台毎にこの道具を使って中の生クリームを泡立ててください。そうそう、この生クリームはリディア様とカイン様が新たに見つけられたミルクから作られています」

先程の若い料理人が、手に竹で作った泡だて器を高く持ち上げ説明をする。この泡だて器は、カインが考えバルビッシュが作った特製品だ。イメージは抹茶を点てる時に使う茶筅だ。簡単な絵だけだったのだが、これも見事に作り出してくれた。

――フォークだけでホイップクリームを作るのは大変だからね。

「さっ、父さま。頑張ってください。この生クリームの泡立てが美味しさの決め手になりますから、気合入れてお願いします」

「うむ」と頷きルークは生クリームの入ったボールを片手で抱え、泡立てを開始した。当然ハンドミキサーではないのでなかなか泡立ってこないが、五分も泡立てていると大分良い感じになってきた。

「父さま、後もう少しです！　泡だて器を持ち上げてピンと〝ツノ〟が立てば終わりです！　リディア母さまの笑顔を思い出して頑張ってください」

カインの応援にリディアの笑顔を本当に思い浮かべたかは定かではないが、ルークは懸命に泡立ていた。

「はい、皆さん泡立ては十分なようです。次の作業を説明するのでこちらに集まってください」

各作業台を回りながら、先ほどから指示を出している若い料理人が声を掛けた。参加者が中央の作業台に集まると、若い料理人が説明を始める。

「これからの作業は、できるだけ丁寧に行ってください。見た目が汚いと美味しそうに見えないですからね。いいですか？　まず、この木板の上にプレーンケーキを一枚載せて、ホイップクリームを表面に塗ってください。塗り終わったら、切り出したフルーツを三つ程載せてください。その上にもう一枚のプレーンケーキを載せて同じようにホイップクリームを塗って、最後にフルーツを盛り付けてください。これで完成ですが、フルーツの載せ方やホイップクリームの塗り方で個性が出るので頑張ってください」

参加者は、それぞれの作業台に戻り仕上げを行っていた。ルークも大きな手を頑張って動かし、仕上げを行っていた。多めにホイップクリームを塗り、一段目にアッポルを載せる。二段目にワイルドベリーを載せていた。

「父さま、ワイルドベリーとワイルドベリーの間にホイップクリームを二本のスプーンで少量載せるといいですよ」

カインが二本のスプーンを使いホイップクリームを丸くして載せるようにアドバイスをした。

ルークは静かにうなずき、二本のスプーンを器用に使い載せていた。大きさはバラバラだが、中々可愛く飾り付けができたようだ。

「父さま、とても可愛くできましたね。これならリディア母さまも喜んでくれますよ」

カインはルークの作ったケーキを褒め称えた。お世辞ではなく実際本当に良くできていた。

——ああ、この姿の父さまとケーキを写真で撮りたい！　ベン兄さま達に見せたい!!


ルークがケーキを完成させた頃には、周りの参加者達も半数以上が作り終えていた。完成品を互いに見せ合い、見た目が良いしか、悪いとか言っている。

「はい、皆さん。次の作業に移りますよー。作ったケーキをそのままの状態で渡す為に、特製の袋を作りますからね。一人三枚作業台の端に置いてある、この葉っぱを使ってください」

若い料理人は、これから使用する笹より少し幅広で四〇cm前後の葉っぱを手に持ってひらひらさせながら説明をする。

「この三枚を使って、このように少し重ねるように使って巾着袋を作り、ケーキの上で紐を使って留めてください」

若い料理長は実演しながら説明を行った。

ルークも説明通りに葉っぱを使い袋を作ったが、紐を使って留めるのに苦労していた。ルークのがっしりとした大きな手には難しい作業だ。

「父さま、お手伝いしましょうか？」

「カイン、ありがとう。だが、気持ちだけ貰っておく。最後まで私自身で行った方が、思いもより込められると思うしな」

ルークは照れて赤い顔を隠すように、ケーキを見ながら言った。

——父さま、かっこいいです！

「そうですね、頑張ってください」

頑張っているルークを応援するカインだった。

「皆さん、お疲れ様でした。慣れない作業で疲れたと思いますが、その分奥さんや相手の方への感謝の気持ちも込められたと思います。さて、片付けながらですが、自分でどんな物を作ったか味見をしてみましょう。味見ですので見た目が多少悪いのは、ご了承願います」

若い料理人が説明をすると、プレーンケーキの型抜きで余った切れ端が三つ、四つ載った皿が参加者へ配られた。

「お皿は受け取りましたでしょうか。そうしましたら、残っている泡立てた生クリームを載せて、フルーツの余りも載せてください。できましたか？」

参加者は、木のボールに残っているホイップクリームと盛り付けで残ったフルーツを載せた。ルーク達も同じように自分用のケーキを作る。

「では、どうぞ。……いかがですか？」

「「うまい」」「「甘い」」「「初めて食べる」」

各作業台からは、色々な感想が聞こえてきた。ルークも一口食べて目を見開きながら、カインを見て、

「カイン、これは凄い！　リディアもきっと喜んでくれるはずだ！　ありがとう」

「いえいえ、僕は〝勇者様のレシピ〟を伝えただけで、本当に凄いのはロイド料理長です」

カインはルークの作業を近くでサポートしていたロイド料理長を見る。

「ありがとう、ロイド。今年は去年よりもリディアにきっと喜んでもらえるはずだ！」

「ルーク様、お役に立てて本当に嬉しいです。でもルーク様やカイン坊ちゃんのおかげで、今日の参加者全員も同じように思っていると思いますよ」

ロイド料理長は、参加者の方へ視線を動かす。参加者がいつの間にかルークの方を見て、頭を下げていた。

「「「お館様、カイン様。ありがとうございます」」」

参加者から感謝が伝えられた。

「私も皆が喜んでくれて嬉しい。今夜の夫婦の日を楽しく過ごしてほしい」

「「「はい」」」

――いやー、上手く行って良かった。これで我が家は家庭円満かな？

味見の試食会が終わり、片付けをしてケーキ作製は終了した。参加者は頑張って作ったケーキを大事そうに抱えて帰っていった。

「ガーディ！　手伝えなくてごめんね。上手にできたかな？」

ケーキ作りに参加していた、ガーディに声を掛けた。

「あ、カイン様。はい、片手ではできない部分は、他の参加者や料理人に手伝ってもらいました。多少見た目は悪いですが喜んでもらえると思います」

ニッコリとガーディが微笑んだ。

「そうだよね、絶対ノエルは喜んでくれるよ！」

カインもガーディの笑顔につられて微笑んだ。

夕食が終わり、カインは自室へ戻って来た。今夜は夫婦の日なのでルークもリディアも早めに自室へ戻ったし、屋敷の使用人達も多くは早々に帰宅していった。まだまだ夜も大分寒いが、カインは窓を開け放ち月が夜空に浮かんでいる事を確かめた。しばらく月を眺めた後、窓際にベッドの横で使っているサイドテーブルを運びこっそり作っていたケーキを載せた。
「リノール母さま、夫婦の日おめでとうございます。僕から感謝を込めて、ケーキを作りましたので召し上がってください」
この異世界に陰膳があるかは不明だが、気持ちの問題として行ってみた。
「リノール母さま、今年からアリス姉さまが騎士学院へ行ってしまったので少し寂しいです。でも優しいアリス姉さまも同じように寂しさを我慢しながら頑張っていると思うので、僕も頑張ります。

だって同じリノール母さまの子供ですから」

しばらく夜空に浮かぶ月を眺めてから窓を閉めた。そして、ケーキを食べて歯を磨きベッドに入った。

――まだ、子供だから寝る前に食べても大丈夫だよねー。

次の朝、カインは毎朝の訓練を終えて食堂に向かった。食堂には笑顔のリディアがすでにテーブルに着いていた。カインはリディアに近づき朝の挨拶をした。

「おはようございます、リディア母さま!!」

「あら、おはようカイン。毎日頑張っているわね、カインが息子で誇らしいわ」

リディアはそう言うとカインを優しく抱きしめる、そして耳元で言った。

「カイン、ありがとう。ケーキとっても美味しかったわ。ルークの気持ちも沢山詰まっていたしね」

「喜んでもらえて、僕もとっても嬉しいです」

――父さま、上手くいったようですね。リディア母さまにも笑顔が戻ったし、いつもよりキラキラしている。これからも、皆が少しでも笑顔になれるように頑張ろう!

リディアに抱きしめられながら、カインは改めて心の中で誓った。

1章
何から始めよう

夫婦の日から二週間が経った。寒さも少しずつではあるが、和らいできている。陽当たりの良い場所では、冬から目覚め芽を出している草花が目立つようになってきた。早く外で日向ぼっこができるくらい暖かくなってほしいと思うカインだった。

季節が春だからか、屋敷のみんなの表情がとても柔らかい。特にケーキ作製に参加したメンバーからは、あれから大分経っているが、いまだにお礼を言われる。

「ルーク様とカイン様のおかげで、妻が優しいです」「妻が毎日笑顔で嬉しいです」など感謝なのか、ただの惚気なのか分からないほどだ。

ルークとリディアと言えば、あれからずっと仲が良く、はた目から見るとイチャイチャしているようにしか見えない。もう少ししたらランドルフが帰ってきちゃうから、今のうちに楽しんでいるのだろう。

カインは、最近の午後は書庫に籠り次に行う事業を何から行うか悩んでいた。二日程一人悩んでいたが、考えが纏まらなかった為、今日はガーディとバルビッシュを引き込み検討会を行っていた。

「今日は、次に行う事業について一緒に考えてほしい」

カインは用意していた木版三枚をガーディとバルビッシュの前に並べた。木版には、壁の絵、お風呂の絵と穴の絵が描いてあった。しかし、他人から見るとなかなかの〝画伯〟っぷりな絵であった。

（ぶっちゃけ、かなり下手である）

「カイン様、これはなんの絵ですか？　この絵は浴場ですか？　後の二枚は……えっとなんでしょう？」

バルビッシュが真顔でお風呂の絵以外を全く思いつかないと首を傾けながら聞いてくる。

「扉？　いや、門？　入口がないし、カイン様……壁ですか？」

ガーディも壁の絵の木版を回したり、逆さにしてみてから尋ねてきた。

「えーーとね。これは……壁、街壁と公衆のお風呂と下水道の絵なんだけど分かりづらかったよね」

最後は消え入りそうな声で、二人の前に並べた木版の絵について答えた。カインは少しの間、テーブルにおでこを付けて沈んでいた。たっぷり五分ほどその状態でいた後、急に起き出しにっこりと笑った。

「もうね、絵が下手なのは生まれつきだから気にしないさ！　悩んでもしょうがない。人には得手不得手があるしね。ララが帰ってきたら描いてもらおう」

誰に言うでもなく、自分に言い聞かせるようにつぶやきカインは復活した。ちなみにメイドのララは、スキルで描写のスキルを持っている為（以前こっそり教えてくれた）屋敷で一番の絵描きである。

「これは、今後僕がやりたい事業を絵にした物で、絵の下に完成までの時間と必要予想経費と受注希望金額を書こうと思っているんだ」

完全復活を果たしたカインは、木版の説明をし始めた。

「絵は、いや、なんでもありません。た、確かにこのように絵と経費と受注料金を一緒にすると、説明を受ける側としては分かりやすく、説明を全部覚えておく必要もなくて良いですね」

バルビッシュが木版の有用性に気付き、少し興奮している。

「さすが、カイン様。字が読めなくても、これなら説明を受ける方は分かりやすいですね」

ガーディも「ふんふん」と木版について褒め称えていた。

「そんなに大した物じゃないよ。そんなに褒められると照れるね。二人に相談したかったのは、完成までの時間と料金なんだ。どれも作るのは、僕が【土魔法】を使って作るから、作り始めるとすぐだと思うんだけど。石畳の時もそうだったけど、領民のみんなが見学しに来てくれたりすると、安全を確保しながらになるから少し時間がかかるじゃない？　応援はとても嬉しくて、元気を分けてもらえるからぜひ見てほしいんだけどね。【魔法】の効果範囲も狭くしなくちゃならなくなると時間が多めに必要でしょ？」

ガーディとバルビッシュは、カインの説明に相槌を打ちながら聞き入っている。バルビッシュは途中から取り出した小さな木版にメモも取っていたりしている。

「あと、悩んでいるのは料金でね。生まれ育った街を良くする為だから、無料でも良いと考えているんだけど。その一方でこの後の事を考えて、サンローゼ領以外でも石畳を作ったり、街壁を作ったりする時に困ると思ったんだ」

「報酬については、シャムロック家の使用人としてはとても気になるところですね」

バルビッシュが同じく悩み始める。ガーディもぶつぶつと呟きながら考えているようで、難しい顔をしていた。

それから、ああだこうだと意見を出し四時間後漸く提案内容をまとめた。

「父さま、カインです。失礼します」

カインは、昨日作った提案三件の木版を持ってルークの執務室に来ていた。

「今日はどうした、また何か新しい食べ物でも思い付いたか？」

執務室の扉を開けて入ってきたカインを見て、ルークは嬉しそうに聞いてきた。

「ご希望に添えず、すみません。本日は仕事の提案に来ました。サンローゼ領をより良くするために、三件の改善案を持ってきました。どれも領民の為になると自信があります。これらを実施できれば将来の発展の良い土台が出来上がると思います」

カインはそう切り出すと、持っていた三枚の木版をルークの執務机の上に並べた。ルークは並べられた、絵の描かれた木版とカインを交互に見ていたが、カインの意図が伝わらなかったようだった。

「カインこれはなんだ？　買ってほしい物の候補か何かか？」

「違います！　これは、街壁の拡張工事、下水道の工事、そして公衆浴場の設置です！」

執務机に手を付いて身を乗り出し、並べた木版の内容を大きな声で否定した。

「お、おぅ、冗談、冗談だ、カイン。街壁の拡張については、元々私も考えていた事で、街壁の拡張の許可をランドルフが貰いにいっている。陛下の許可が貰えれば、すぐに取り掛かりたいのだ。私だってきちんと考えているぞ」

ルークが頬をひくつかせながら、ちゃんと考えていると主張をしてきた。

「あなた、どうしたの？　廊下までカインの声が響いていたけど？」

「ああ、リディア丁度良いところに。カインがこの街の改善案を持って来てくれたんだ。一緒に確認しないか？」

リディアが半分呆れた表情で、執務室に入ってきた。そしてカインの側に立ち頭をひと撫でした後、机の上に並べられた木版を見た。

「あら、良くできているわね。街壁と浴場と坑道？　最後のは、見当がつかないけど。これはカインが以前より考えていたサンローゼ領を良くする施策なのね」

カインの提案を木版から読み取ったリディアは、いつものリディアではなく眼光の鋭いキャリアウーマンのような表情をしていた。

「はい、さすがリディア母さまです。最後のは、下水道です。これらをこのサンローゼ領で行えばきっと領民達にも喜んでもらえると思いますし、領外からも商人達が今よりももっと訪れてくれるようになると思います！」

カインは小さな胸を張って、リディアに主張した。

「いいアイディアだとは思うから、ぜひ詳細な内容を聞きたいけど……ランドルフが戻ってくるまで待ってもらえないかしら？　これらの事業を実施する、実施しないは、ルークが決定するのだけど。ランドルフがいつも領民達との調整を担当しているから、戻って来るまで時間をくれるかしら？」

「はい、問題ないです」

「二度手間になってしまうかもしれないけど、カインの考えてくれたこれらの改善案の内容を教えてもらえない？　いいわよね、あなた？」

「もちろんだ、カイン頼んだ。始めてくれ」

ルークとリディアは、執務室にあるソファーに移動し座る。カインは、二人の正面に立って持ってきた改善案の説明を始めた。

「それでは、提案内容を説明します。どの案からが良いです？」

カインは木版を扇形に手に持ち、絵の描いてある方を二人に見せる。

「「これから（かしら）」」

二人は同時に下水道の木版を指差した。

「下水道がこの中では、一番分かりにくい改善案だからなぁ」

「そうね、シールズ辺境伯領にもあるけど実感として何が良くなるのかが分かりにくいかしら？」

ルークとリディアは同じような理由で選んでいた。

——まぁ、普通は分からないよなぁ。道雄（みちお）の時代でも普通は、下水道なんて行かないし、入らないから。それにテレビもないから、中がどうなっているかなんて情報を得る事なんてできないだろうし。

よし。

「それでは、下水道から説明をします。簡単に説明すると、街の下に雨水や生活排水、トイレの排水などを流す長い穴を掘ります。その穴の事を下水の道、下水道と呼びます。ちなみに下水とは飲み水や料理、浴場などに使えない水の事です」

　伝わったかな？　とルークとリディアの表情を盗み見るカイン。

「うむ、続けてくれ」

「はい、現在サンローゼ領では、道の石畳化により雨水を流す排水溝を作り、街の外に出しています。これを地面の下、実際には道の下に作り雨水を始め全ての生活排水を集め、領街の外に流し出します。下水道を作る事により、雨水が道の上に溜まらなくなる、生活排水やトイレの排水を流す事により街中が奇麗になり臭いもなくなると考えています」

　ルークとリディアは、「フムフム」と聞き続けている。

「また、下水道を作ると街中に雨水や排水が溜まる事が少なくなるので、病気の発生も少なくなると考えています」

「下水道とは、とても良い物のようだな。しかしデメリットもあるだろう？」

　ルークがニヤリと大物社長のような部下を試す表情になる。リディアもカインの返答を楽しみにしているような表情をしている。

　――おおっ、プレゼンの質疑応答に入ったぞ！　ここをきちんと説明できないと実現できないから気合を入れるぞ！

　カインは、心の中で拳を固め気合を入れた。

「そうですね、下水道のデメリットですか。デメリットというより対策が必要な事がいくつかあります。まずは臭い、次に排水の処理方法と排出先。そして侵入者対策ですね」

ルークとリディアは静かにカインの説明を聞いている。

「臭いについては、対応策があります。〝賢者様の書〟に臭いを外に出さない【刻印魔法】があったので対策できます。次に排水ですが、一度街壁の外の地下に排水を溜めてスライムを使って処理をして、街の下流に放流します。もちろん、放流口には水しか出さないこの魔法を設置します」

ここで、一度説明を止めてルークとリディアの質問を待つ。少し考えるように目を閉じ、ゆっくり開くとルークが口を開く。

「その〝賢者様の書〟にあったという魔法だが、本当に水だけしか排出しないのか？　もし、少しでも汚い水などが流れるのであれば、採用できないからな。我が街をきれいにする為に下流に住む人々に迷惑をかけたくない。迷惑が掛かるくらいなら、今のままで良いぞ」

「そうですね、きちんと検証をして流すようにします。父さまが領主で領民は幸せですね」

「そうよぉ、ルークはとぉっても領民思いなんだから」

リディアとカインがルークをいつもよりも大げさに褒める。

「全く、領主をからかうんじゃない。それに侵入者に対しての対策の説明がまだだ」

ルークは照れながら、カインに説明の続きを促す。

「はい、侵入者についても臭い、排水の対策と同じ〝賢者様の書〟にあった【刻印魔法】で対処します」

「ここでも、賢者様の魔法か。そんな万能な魔法があるものなのか？　それに、カインに扱えるのか？　危険な魔法じゃないのか？」

ルークは使用する魔法の安全性について疑問を持ったようだった。

「大丈夫だと思います。使用する【魔法名】は、【ワンウェイ】といい、賢者様がなんでも強いお酒を造ろうとして思い付き開発した魔法だそうです。ただし、強い魔法は造れなかったと本に書いてありました」

「魔法を開発してしまうなんて、さすがだが、賢者様はお酒が好きだったのか？」

ルークが首を傾げながら、リディアに確認する。

「そのような記述は、賢者様の伝記などにもなかったと思うけど？　でも、確か賢者様の友人にドワーフの鍛冶師の方がいたと伝わっているから、その友達の為かもしれないわ」

リディアがカインの知らない賢者様の交友関係を教えてくれた。

――へぇー、賢者様と友人のドワーフの鍛冶師か。後でバルビッシュに聞いてみよう。

「でも、賢者様はこの魔法は失敗作だと言って誰にも教えなかったと書いてありました。なので使い勝手は多少悪そうですが、簡単には破られる事はないと思います」

「賢者様が使用するのをあきらめるほど、使い勝手が悪い物を使えるのか？」

ルークが心配そうな表情になる。

「検証はこれからですが、この魔法は特定の一つの物だけを通れるようにしたり、通さないようにする魔法なのです。一つだけで使うと難しいですが、何回か、この場合は何枚か？　でしょうか、使用すれば特定の物だけを通すようにできると思います」

「でも、そんな使い方ができれば賢者様が使っているんじゃないの？」

リディアが賢者様が気づかないとは考えられないと言う。

「はい、この魔法には一つ欠点があって、使用する際にとても大量な魔力を使用するんです。扉のようにも使用できる魔法なので、範囲が広がれば広がるほど魔力が必要になり、小さい範囲だと魔力の使用を抑える事ができるのですが、範囲を指定する為に刻印が必要なので、小さいと今度は刻印が刻めなかったのではないかと思います」

ルークとリディアは漸く納得したような表情に変わった。

「概要は分かった。ただし使用する際には、ランドルフを加え検証をするように。検証後、報告を頼む」

「はい、畏まりました。あの、排水処理でご相談があります。スライムを使用して排水処理をするのですが、スライムが有益な魔物とは言え、生活している場所の地下にいるのは、領民のみんなは受け入れてくれますでしょうか？」

カインは、スライムの利用ついての質問をする。カインとしては、このファンタジー生物がどうしてもゲームの影響か、いつかは人を襲う事態にならないか心配だった。

「それについては、大丈夫だと思うぞ。今でも大商人などの家では、ゴミ処理やトイレの処理をする為に地下にスライムを独自で使用していたりするからな。カインは気づかなかったか？　この屋敷のトイレの下にもスライムがいるぞ」

ルークが衝撃の事実を述べた。スライムが住んでいる家の下に飼われているなんて！　少しトイレへの恐怖を覚えるカインだった。

「あと、多分大丈夫だと思うがスライムは下水道と地上を出入りできるようにするのだろう？　できればスライムの出入口を街の東側の森に作ってほしい。スライムが排出する体液が良い森の栄養になるんだ。スライムが多くいる森には薬草などが多く生えるとも言われているからな」

「へー、スライムって本当に有益な魔物なんですね。少し研究してみようかな？　他に下水道についてご質問がなければ、街壁の建設について説明をさせてください。次は街壁ですが、こちらは父さま達のご要望通りに建設します。ただお願いがあります。この前の砦のように一度に作ると反動が大きいので、できれば一か月くらいかけて少しずつ建設したいと思います。僕の体調もありますが、少しずつ作れば完成時のお祝いもできますからね」

「確かに。絶対に一度に造るのはダメだ。あの時は本当に心配したんだからな。それにしても完成時のお祝いの案は良いな。文官達に考えさせて少し派手めにお祝いをしよう」

ルークが何か考えが浮かび上がったようで、楽しそうな笑顔を浮かべた。

「あまり派手にしては駄目よ、予算についてはちゃんとランドルフと相談するようにね」

リディアもルークもお祝いには賛成のようだ。

「しかし、まだ陛下の許可を頂けてないから新地区の計画があまり進んでいないのが実情だ。カインも何か良い案があったら是非アイディアを言ってほしい。新地区はカインに協力してもらって最初から全部石畳にしたいし、先ほど聞いた下水道も完備にしたい」

ルークが新地区の計画があまり進んでいない事とルークの中の構想を呟いた。

「もちろん、協力は惜しみません。うーん、そうですね。噴水とか造って領民の憩いの場を作りたいですね。噴水がある広場の外周にレストランや商店を誘致すれば、自然と人が集まり発展すると思いますし」

カインは、広場の真ん中に噴水を設置して、領民が楽しそうに食事をしたり買い物をしたりしているのを想像しながら、アイディアを言ってみた。

「ねえ、カイン？　噴水なんて王都くらいしかないわよ。それに、サンローゼ領に造れる職人がいないわ」

リディアがびっくりしながら反応する。

「逆に王都くらいにしかないのであれば、余計造ってみたいですね。一度検討してみます。そうすると川から水を引いてくる必要があるな……」

ぶつぶつと呟きながら、カインは噴水の造り方について思考を巡らせ始める。

「カイン、カ・イ・ン！　まだ、公衆浴場の説明は終わってないわよ？」

リディアが、深い思考に入りそうだったカインを呼び戻す。

「は、はい。すみません、公衆浴場ですね。今、父さまもリディア母さまも毎日、屋敷の浴場を使用して頂いていると思いますが使用していかがですか？　何か変わりませんでした？」

「そうだな、仕事の疲れが次の日に残りにくくなった気がするし、就寝の前に入浴すると例年に比べ、今年の冬はすぐに眠れた気がする」

ルークが入浴の効果を実体験を含めて話してくれた。

「私は毎日の入浴で、肌や髪のツヤが全然変わったたし、身体が芯から温まっている気がするわ。そのおかげで、例年より冬の寒さをあまり感じなかった気がするわ」

リディアも入浴で感じた事を話してくれた。

「父さまもリディア母さまも入浴の効果を感じて頂けて良かったです。二人が感じて頂けたように、身体を温めると風邪などの病気に罹りにくくなります。それに、身体が温まると、血液の巡りが良くなって疲労回復にも繋がります」

カインは、入浴の効果について改めて説明をした。

「ですので、領民が二、三日に一度入浴できるようになれば、領民の病気にかかる確率を減らすことができ、疲労回復も促せるので仕事での怪我なども減ると考えています。なので、ぜひ建設をしてサンローゼ家の事業として行って頂きたいのですが」

最後の方は、二人の反応を窺うようにカインは提案をした。

「うむ、領民の病気や怪我が減るのであればぜひ検討しよう。担当の文官を付けるので、話し合ってみてくれ」

ルークが公衆浴場の検討を約束してくれた。

「ありがとうございます。実現に向けて頑張ります!!」

「カイン？　あまり頑張りすぎては駄目よ。もし次倒れたりしたら、しばらくの間業務は禁止にしますからね。貴族になったとはいえ、あなたはまだ七歳なのですから」

リディアが提案が受け入れられてはしゃいでいるカインに釘を刺した。

「はい、自重します。本日はお時間を頂きありがとうございました。まとめとしては、公衆浴場は文官達と検討を開始。街壁と下水道については、ランドルフが戻り次第、新地区の計画と合わせて行うようにします」

カインが今日の提案についてのまとめを二人に確認をする。

「カイン、三つの提案はどれもとても良かった。実現できれば、どれも領民の為になると感じた。だが、リディアが言うように絶対に無理はしないように。ランドルフやバルビッシュから注意を受けた場合には、聞き入れるように」

「御心配ありがとうございます。発案者で実施者が倒れたら、台無しなので十分気を付けます」

カインは二人から愛されている事を改めて感じ、笑顔で答えた。


提案が三案共に却下されずに検討事項になった事に、カインは嬉しさの余りスキップをしながら自室に戻っていった。

「ただいまー、バルビッシュ〜、緊張して喉渇いちゃったからお茶をお願いね〜。それとガーディ、近いうちに【魔法】の実験の為に川まで行きたいんだけど付き合ってくれる？」

バルビッシュは、メイドにお茶を頼みに部屋を出ていき、ガーディが「明後日なら」と返事をする。

カインは、お茶の準備ができるまで賢者様の書をテーブルに広げた。（賢者の書は、シールズ辺境伯からカインが貰ったものなので、カインの蔵書になっている）

「さてと、【ワンウェイ】の魔法をもう一度確認して【魔法陣】化しておかなくちゃ」

〰〰〰〰〰〰〰〰〰〰〰〰〰〰〰〰〰〰〰〰〰〰〰〰〰〰〰〰〰〰〰〰〰〰〰

分類：【刻印魔法】　魔法名：【ワンウェイ】

効果：刻印で囲んだ範囲から一方向に特定の物質を通したり、通さないようにする結界を張る。

必要魔力：刻印をする長さ（m）×一〇〇

〰〰〰〰〰〰〰〰〰〰〰〰〰〰〰〰〰〰〰〰〰〰〰〰〰〰〰〰〰〰〰〰〰〰〰

「この魔法が広まらなかった理由は、必要魔力がネックだったんだろうなぁ。後は、結界の用途毎に使用する必要があるから使い勝手が悪かったんだね。今回だって、下水道に使おうと思うと外側から下水道側に、生物を通さない結界と下水道から外側に空気と生物を通さない結界の計三枚は設置しないといけないからなぁ」

――だってさ、日本でも下水道に生物を流して問題になっていたし、下水道から外側に空気だけ通さないようにすると、スライムや侵入者が出てきてしまうからな。

賢者の書を確認しながら、ぶつぶつ呟きながら考え事をしているとお茶とお菓子の用意ができたようだった。

「カイン様、お待たせしました。本日のお菓子は、プレーンケーキのハチミツ添えです」

「ありがとう、バルビッシュ。頭をいっぱい使ったから甘い物が欲しかったんだよね。バルビッシュとガーディも一緒に食べよう。今日の父さまへの提案がどうだったか、説明するから」

少し戸惑っている二人をテーブルにつかせ、ケーキを一口食べてからカインは話を始めた。

「そうですか、本格的に動くのはランドルフ様がお戻りになられる一週間程後になりますかね。それにしても噴水ですか？　自分も実物を見た事はありません。水が湧き上がってくる泉と聞いた気がしますが……」

バルビッシュが噴水の知識を思い出すように、知っている事を話した。

「カイン様は、噴水とはどのような物かご存じなのですか？」

ガーディがケーキを一口で食べた後、カインに質問する。

「うん、大体バルビッシュが言っているような物だね。水の噴き出し方が色々あるけど、一番シンプルなのは、水が上に向かって噴き出す形かな？」

カインは、王都にある噴水を見た事がなかったので日本での記憶で説明をした。

「問題は、水をどうやって高い所までくみ上げるかだよね？　それに、噴水がなくても川から水を汲み上げる必要があるからなぁ」

カインが日本にあった給水塔をイメージしながら、どうすればできるかを考えながら説明をする。

「カイン様、なぜ噴水がなくても川から水を汲み上げる必要があるのですか？」

ガーディが見当もつかないと言う表情で質問してくる。

「あれ？　ガーディには、説明してなかったっけ？　下水道には、雨水やトイレの水や排泄物を流すけど、毎回毎回下水道の終点まで流れるほど水の量を確保できないと考えているから、定期的に水を流してあげようと考えているんだ、イメージは桶の水を細い水路に一度に流して落ち葉とかを流す感じかな？　想像できそう？」

下水道に定期的に水を流す必要性を説明する。なんとか二人にも伝わったようだが、百聞は一見に如かずかなぁと思い直したカインだった。

「説明が少し難しいから明後日、川に行った時にもう一度説明するよ」

「カイン様、一つ良いでしょうか。想像するに川の水を沢山使用するようなのですが正しいですか？正しければ下流の領地に影響がないように、溜池を作って少しづつ水を溜めておく必要がありますよ」

バルビッシュが思いがけない意見を言ってきた。

「えっ、溜池？　そうか、上流で水を使っちゃうと下流の人々が使う水がなくなっちゃうんだね。危ない、危ない、溜池を作る許可も父さまに貰わないとね。それに新地区ができたら、農地も増えるから農業用水についても必要だしね。あれ、水足りるかな？」

ちょっと不安になり始めるカインだった。

「カイン様、大丈夫です。サンローゼ領を通る川は水量が多く、雪解け時や雨季の時はかなりの量が流れますから。今から溜池を作ってしまえば川の氾濫防止にもなるかもしれませんね」

ガーディがポロっと良い案を言ってくれた。

「カイン様、それこそ長年サンローゼ領を見てきた、ランドルフ様に相談されてみてはいかがですか？　過去から今までに行われてきた治水の対策を参考にした方が良いと考えます」

バルビッシュからも提案があった。

「そうだね、ランドルフ早く帰って来ないかな？　でもさぁなんだか、サンローゼ領はランドルフがいなくなったらどうなっちゃうのか心配になってきたよ」

カイン、バルビッシュ、ガーディは互いに顔を見合わせ笑ってしまった。


夕食を終えて、お風呂に入った後カインは自室で賢者の書を読んでいた。中々、ゆっくりじっくり読む事が今迄できなかったからだ。

これから実施する公共事業を考えて、他に便利な魔法がないかと賢者の書を読んでいた。

「この賢者の書は、賢者様の手記みたいなものだからな。いまいち整理されてないんだよな、インデックスくらい付けておいてほしい」

ページを一枚ずつめくり、カインは魔法名と属性を見つけては木版に写していた。

「この魔法は、面白そうだな。【アイスソーン】効果：氷の茨が対称に伸びていき対象を絡み取り凍らす。ベン兄さまに教えてあげようかな？　他には……」

次々と魔法名と属性を写していると、ある風魔法で手が止まった。

「あれ？　この【ブロウ】って魔法は？　効果：術者から半径一〇ｍの任意の場所に突風を吹かす。威力は布がはためく程度。遠くの明かりを消す為に開発。へー明かりを消し忘れたりした時に便利そうだな。あとは、どこかに侵入する時にでも使ったのかな？」

――しかし……任意の場所に？　布がはためく？

「もしかして、これは男子の為の夢の魔法か!?　いやいやいや、賢者様がそんな俗世的な事に魔法を使わないだろう。どうも、僕は俗世的でだめだな」

パラパラとページをめくっていくと、【ストーブ】と言う【刻印魔法】を見つけたが、魔法名の前に×と記載がされていた。

「なんだろう？　この【ストーブ】って？　魔法名：【ストーブ】。効果：窯の中の物体を一〇〇度から一〇〇〇度まで温度を上げる。おおっ便利そうな魔法じゃないか？　必要魔力も一〇〇度で五〇だからそんなに多くないけど。あれ？」

魔法の説明の後に、『この魔法は失敗。窯の中の温度を上げるのではなく、窯の中のものすべての温度を上げてしまった。これでは、食品が丸焦げだ』と失敗の内容が記載されていた。

「賢者様は、ピザ窯でも作りたかったのかな？　窯の中のものすべての温度を指定温度に上げるなんて、逆に凄いんだけどなぁ。何か使えないかな？　中の物全てだと、グラタンとかも駄目だろうし。陶器などはどうかな？」

カインが色々とあれは？　これは？　と考えている。

「窯の中のものすべての温度を上げるんだから……そうか！　水を入れたらお湯が沸くんじゃない!!」

カインは翌日、毎日の日課を終了した後バルビッシュと共に訓練場に来ていた。

「バルビッシュ、今日はある魔法を試してみたいから手伝ってね。まず、僕が鍋を作るからその中に水を汲んでほしいんだけど。お願いね」

「畏まりました、カイン様。でもその前にどんな魔法かを教えてもらえないですか？　あまり危険な物でしたら、ランドルフ様が戻ってからの方がよろしいかと」

バルビッシュは協力を了承してくれたが、魔法の危険度を聞いてきた。

「多分大丈夫だよ。元々は窯の中のもの全ての温度を指定した温度にする魔法なんだけど、今回はお湯を沸かす為に使用するから」

カインは、地面に鍋の絵と鍋の内側に魔法陣のイメージを描き、水を入れて沸騰する（湯気）を追加した。

「これなら、大丈夫そうですが。試験時は少し離れて魔法を使えますか？」

「魔力を流してから、離れるようにするよ。いくらなんでも魔力を流してすぐにお湯になるとは思えないしね」

その後カインは、地面にラーメン屋で使っているような縦長の寸胴くらいの鍋を【クリエイトクレイ】で作り出す。その後、魔法陣化していた【ストーブ】の魔法を内側に写し準備完了。

バルビッシュと二人で井戸から水を運び、八分目くらいまで水を満たした。カインは魔法陣の端に手をついて魔力を流す。そしてすぐに三ｍくらい離れる。

バルビッシュと共にすぐに逃げられるように見守っていると、鍋からうっすら湯気が上がってきた。そして数十秒後にボコボコとお湯が沸く音がして、盛大に湯気が上がる。湯気はその後も上がり続け止まったのは大分経ってからの事だった。

「湯気出なくなったな。近づいても大丈夫かな？」

「もう少し待ちましょう、カイン様」

それから、たっぷり一〇分くらい経ってから鍋を見に行くと鍋の水はなくなっていた。

「これは、失敗だね。効果時間が書いてなかったからずっと鍋の中の水を一〇〇度にし続けて蒸発しちゃったんだね」

――あぶない、あぶない。今考えると魔法効果範囲がこの鍋だから、お湯がなくなったら下手すると水蒸気爆発をする所だったかも。もう少しこの魔法を解析して、範囲の指定と魔法持続時間の調整が必要だね。

バルビッシュに今日の魔法実験は失敗と伝え、また改良した後に再実験をする事を伝えた。

【ストーブ】の魔法実験をした次の日、カインはガーディとバルビッシュと一緒にサンローゼ領街の

近くを流れるダイダ川へと荷馬車に乗って向かっていた。

魔物が出る大森林を沿うように流れるダイダ川に向かっている為、魔物に頻繁とは言わないが遭遇するらしい。

三人は周囲に警戒しつつ道を進んでいた。街から荷馬車で三〇分程すると水の流れる音が聞こえて、そのまましばらく進むと川が見えてきた。

ダイダ川は、川幅六mで水深は二m程とカインの感覚では結構大きな川のように思えた。水は澄んでいてこのまま飲む事ができそうに思えた。でも川の生水には寄生虫がいる場合があるので、そのまま飲むのは控えた方がいい。

「結構大きな川なんだね、ガーディ」

「そうですね、しかし山の雪解け水が集まっているので川幅も広いのですが、流れは速くサンローゼ領の近くでは船が使えないそうですよ」

ガーディが川を見ながら答えてくれた。

「ガーディ、この川ではどんな魚が獲れるんだ?」

「流れが速いから、一〇～一五cm位の小さめの魚が獲れる。釣るのが難しいからあまり食べられないが、焼き魚にすると旨いぞ」

バルビッシュとガーディが川魚の話で盛り上がっている。いつの間にか二人はとても仲良しになっていた。

「カイン様、どの辺りで実験をするのですか?　穴を作るのであれば、少し道から外れた方がよろしいかと」

　バルビッシュが川の下流を見て聞いてくる。

「そうだね、結構色々試してみたいから見晴らしの良い場所を探してもらえる？　それに、作業に集中して魔物の接近に気付けないと大変だからね」

　カインが今日行う予定の内容を書いた木版を見ながら答える。

　バルビッシュがガーディと何かを話した後、下流に向かって進み始める。先程の場所から一五分くらい進むと川が大きくカーブしている場所に着いた。

「ここの川原であれば見晴らしも良いですし、多少水を撒いても川に戻るので大丈夫だと思います」

「ありがとう、ガーディ。うん、ここなら大丈夫かな？　バルビッシュ、周辺に魔物の気配はある？」

「少々お待ちを。……周囲に現在魔物気配はありません。よっぽど大きな音を立てない限り、魔物が寄って来る心配はないと思われます」

「了解、じゃあ周囲に気を付けながら実験を開始しよう。今日は三つ試したいんだ。

一．【ワンウェイ】の魔法の実験
二．サイフォンの原理の検証
三．水中での【土魔法】の検証
　この三つの実験と検証をしたいから協力よろしく」

「畏まりました。しかし、カイン様が何をされるのかが分かりかねますので、その都度ご説明をお願いします。危険度を測らないといけませんので」

バルビッシュが難しい顔をしながらお願いしてきた。

「そうだね、まず【ワンウェイ】の魔法実験は思惑通りに通る物を制限できるかの実験だね。これから作る土管が水だけを通す事ができるかの確認実験をするよ」

「分かりました。先日のご説明で魔法の効果は伺っていますので、爆発の危険はなさそうですね。何をお手伝いすれば良いでしょうか」

バルビッシュが【ワンウェイ】の魔法では、危険度は少ないと判断したようだ。

「それじゃ、土管を作ったら川に運んでくれるかな？　ガーディもお願いね」

「「畏まりました」」

カインは、【クリエイトクレイ】と【アースプレス】の魔法を使い直径三〇㎝で長さ四ｍほどのＬ字に曲がった土管を作製した。そして、カバンから【ワンウェイ】の魔法陣が書かれた木版を取り出し、魔法を掛ける。土管の内側に魔法文字が書かれる。

魔法文字の内側にシャボン玉のような虹色の膜が張られた。手で触るとガラスのような硬質の感触がする、試しに指で押してみるが膜は動かず指も入っていかない。

「よし、試してみよう。バルビッシュ、ガーディ、この土管の曲がっている方を川に付けてみて？」

「「はい」」と二人は返事をしてＬ字に曲がった、魔法文字の刻み込まれた方が完全に沈むように川に付ける。しばらくすると逆側の土管の口から水が出てくる。

カインは、解析の眼鏡を使い水を見る。『水（Ｈ２Ｏ）、純水』と表示された。

――あれ？　水は水だけど純水になっちゃったよ。これなら、細菌や寄生虫とかの心配もないけど、確か飲みすぎると身体に良くなかったはず……うーん、どうしよう。

「カイン様、成功ですか？　自分には、ただ川の水が出ているようにしか見えませんが？」

バルビッシュが水が出てきている方を見てカインに質問をする。

「多分、成功なんだけど。一回土管を水から上げてくれる？　そして、川に沈めた土管の口を上にしておいてくれるかな？　ガーディは、この瓶を使って泥水を作って土管の口から注いでくれるかな？」

カインは、そう言うと再度【クリエイトクレイ】でバケツ大の瓶を作る。

ガーディはカインより瓶を受け取り、先ほどできた泥水をすくって土管の口から注いだ。しばらくすると透明な水だけが反対側の出口から出てくる。再度カインが解析の眼鏡を使って確認すると、

『水（H_2O）、純水』と表示された。

「うん、成功。水だけを取り出せたようだね。泥は、虹色の膜の上に溜まっているね」

今日の実験一つ目は成功した。

【ワンウェイ】の魔法は、想像通りの結果になった。これで指定した物だけを通したり、指定以外の物の侵入を防げるな。とカインは下水道建設に必要なピースがまた一つ揃ったと喜ぶ。

「カイン様、次は何を検証するんでしたっけ？」

ガーディが先ほどまで使用していた土管を川から引き上げながら、カインに質問をする。

「次は、〝サイフォン〟の原理だよ。検証用の土管を作るからちょっと待ってて。【クリエイトクレイ】」

カインは、次の検証項目のサイフォンの原理を確認する為の土管作製をする。カインが呪文名を唱えると直径一五㎝位の細い土管がカインの手元から伸びていく。

土管はどんどんと伸びていき大きなU字を型取った土管が出来上がっていく。

「おっと、これじゃ水を吸えないから、【クリエイトクレイ】」

カインが再び呪文名を唱えると、片側の端が直角に曲がり伸びる。もう片側の端は長さが伸び同じように直角に曲がった。

「カイン様、これはなんですか？」

バルビッシュが今出来上がったばかりの変形U字型土管を見ながら質問をする。

「これは、短い方を川に入れて、長い方から水を汲みだす土管かな？　説明するよりやって見せた方が早いから、手伝ってくれる？　おっとその前に川原に穴を開けないと」

カインは、川岸から少し離れた位置まで移動し【ホール】の呪文を唱える。カインの前に深さ一m程の穴が出来上がった。

「よし、準備完了。ガーディ、バルビッシュこの土管に水を入れるから手伝ってくれる？」

三人は、土管を協力し川に沈めて水を満たしていく。

「ガーディ土管の端にこの栓を付けて」

カインは、用意していた土管の栓をガーディに投げる。

ガーディは危なげなく投げられた栓を受け取り取り付ける。カインも同じように逆側に栓をする。

「さて、ここからが力仕事だから頑張ろう！　土管を立ててガーディ側の土管の出口をさっき作った穴に入れて。バルビッシュ倒れないように僕の方を支えてくれる？」

変形U字型の土管を三人で立ててカイン側を川の中、ガーディ側を川岸に作った穴の中に入れる。川からは、約二m位離れ、川から高さも二m位上に土管が持ち上がっている。

「ガーディ、三、二、一で栓を抜いてねー。行くよ！　三、二、一抜いて！」

掛け声と一緒に二人は栓を抜く。同時にガーディ側から勢いよく水が流れ始める。しばらくしても水の流れは止まらない。

「成功だね。良かった、これで噴水に一歩近づいたかな？」

「カイン様、なぜ水がずっと出続けるのですか？」

バルビッシュがどんどんたまっていく水を見ながらカインに質問をしてくる。

「うーん。簡単に説明すると、水は、高い方から低い方に流れるよね？　それと同じで、水の入口と出口に高低差を付けてあげてると低い側へ流れる。その時にこの土管の中に水を満たしておくと中の水が動くときに中の水を引っ張るから水が高い方から汲めるという仕組みかな？　伝わった？」

「うーん、なんとなく。そうすると入口と出口の高低差を付ければ、どんな高さでも水を流す事ができるという事でしょうか？」

「そうでもない。理論的には一〇m位が限界かな？　そもそも土管に空気を入れずに水を満たすのが、結構大変だから簡単ではないけど」

バルビッシュは、何かを考え込むようにカインの説明を必死に理解しようしていた。

カインは【ワンウェイ】の魔法とサイフォンの原理の検証を終えて、サンフォンの原理を使って汲んでできた池を見ながら昼食のサンドウィッチを食べていた。

「カイン様、香茶をどうぞ」

バルビッシュが香茶を入れたカップを手渡した。

「ありがとう、バルビッシュ」

受け取った香茶の香りを楽しみ、口に含む。

「しかし、【ホットトウォーター】の生活魔法は便利ですね、火を起こさずお茶を飲む事ができるなんて。あの時の野営時に【ホットウォーター】の生活魔法が使えていたら……」

「うん？　どうしたのバルビッシュ？」

「いえ、少し昔を思い出していただけです」

バルビッシュは少し考えるように下を向き、すぐに笑顔で返事をした。

「さて、最後の検証をしよう！　これからも領内の道を整備する上で必ず、川に橋を架ける必要が出てくると思うから、今から練習をしようと思うんだ」

「練習ですか？　一体どんな？」

　ガーディがカインの隣で川を見ながら尋ねる。

「川に橋を架けるには、岸から岸へ道を作る必要があるけど、ここの川のように川幅が広い場合は、橋の途中に支える支柱があった方がいいよね？」

　カインは、川幅六ｍの目の前の川を指差しながら説明をする。

「確かに川幅が広い川に橋を架ける場合は、その方が安定はしますね」

　バルビッシュが、ガーディとは逆側のカインの隣に並ぶ。

「やっぱりそう思うでしょ。でも流れのある川でそれをする場合は、川を堰《せ》き止める必要があるけどすごく大変だから、土魔法を使ってできないかと思ってね」

「おっしゃる意味は分かるのですが、なかなか大変なのではないですか？　川底は見えないですし、川底の土は表面の部分だけ見れば動いていますからね」

　バルビッシュが難しい顔をしながら、指摘をしてくる。

「普通は、目で見える範囲で魔法を発動させるからね。でも、この前石畳を作った時に【魔力】を道に通せた範囲は、石畳にできたんだ。だから、川底に【魔力】を通せればできるんじゃないかと思ったんだよ」

「また、凄い事を思いつきますね。カイン様が言われるとできるような気がします」

　バルビッシュが少し呆れた表情を浮かべて言った。

「まあ、物は試しだよ。やってみてダメだったら、修正すればいいしね、練習なんだし。よし」

カインは、【魔力循環】を少し長めに実施し地面に手を置き【ストーンウォール】と唱えた。

岸から二m位離れた川面が揺れ、石壁が五〇cm位顔を出した。バルビッシュとガーディはおおっと声を上げるが、カインは不満げな表情をしている。

「カイン様、できましたね。凄いです！」

「さすが、カイン様できると思いましたよ」

バルビッシュとガーディが川面から飛び出た石壁を見ながら言う。

「あれじゃダメだ……水の中からでも陸上と同じように石壁を生成できないと。やっぱりもう少し【土魔法】の修行をしてレベルを上げるしかないかな?」

カインがぶつぶつと呟きながら、川面から顔を出している石壁を見つめていた。

「カイン様は、まだ幼いのに自分に厳しいですね」

バルビッシュが独り言のように呟く。

「魔法とは、難しいのですね。あの見えている石壁の上にもう一度石壁を作る事はできないのですか?　農作業と同じで、二回、三回と分けて同じ結果にできればいいのに……」

ガーディが腕を組みながら、ポツリと呟いた。

「「えっ?」」カインとバルビッシュの声が重なり、同時にガーディを見つめる。

「そうだよ、そうだよガーディ！　別に一回で生成できなくても良いんだよ！　凄いや、ガーディ!!」

「まさか、そんな考え方も……自分はまだまだ頭が固い」

カインは興奮しながら、バルビッシュは少し落ち込みながらガーディのアイディアを称賛した。

「良し！　早速やってみよう！　少し大きめの土台を作るイメージで【ストーンウォール】」

カインが呪文を唱えると、川面から先ほどより広い面積の石壁が川面から二〇cmくらい顔を出した。

「あの見えている石壁の上に石壁を作るイメージを持って、【ストーンウォール】」

川面から出ている石壁から石壁が生えて高さ三m程の石壁が出来上がった。

「やったぁ！　成功だぁー！」

カインは飛び上がりながら喜びを身体いっぱいに表した。

2章
新市街地誕生！

カイン、ガーディ、バルビッシュは検証を終えて屋敷に戻ると、ランドルフの姿があった。

「おかえりなさいませ、カイン様」

「あっ、ランドルフ！　帰ってきたんだね、お帰りなさい。アリス姉さまは、大丈夫だったかな？

あれで意外と寂しがり屋だし」

カインはアリスを思い出し質問した。

「やはり、ご姉弟ですね。アリス様もカイン様をご心配されていましたよ。それにカイン様がアリス様の事をご質問された場合の時のご回答も頂いております。『私の心配は良いから、あなたは自分の事を第一に考えて行動しなさい』との事です」

ランドルフがアリスからの伝言を恭しく伝えてくる。

「アリス姉さまには、かなわないね。僕も頑張らないと」

カインは王都にいる姉を想いながら、新たな決意を固める。

「ランドルフ、城壁の拡張については陛下から許可が貰えたのかな？」

「はい、その件の詳細は夕食前の会議でご説明させて頂きます。会議前にお召し物を替えられますか？」

「そうだね、多少水にも濡れちゃったから着替えてくるよ」

「畏まりました。バルビッシュ、会議一〇分前にメイドを迎えに行かせるのでカイン様と一緒に出席するように」

バルビッシュは、ランドルフの指示に「はっ」と短く返事をした。

「皆様、お揃いのようなので始めさせていただきます」

ランドルフが会議室に集まった一同を見まわし話し始める。会議室にはルーク、リディアを始め整備局のメンバーも参加していた。もちろんノエルも。

「まずは、王都までの道のりですが特に大きな障害もなく予定通りでした。途中三度ほど魔物との遭遇がありましたが、私とララで撃退しました。また、アリス様もゴブリンとの戦闘をご経験頂きました」

ルークが「うむ」とうなずいていた。

「王都に到着後はアリス様と騎士学院の受験を行い、無事に合格されました。アーサー様達との訓練の成果か、実技の順位は五位。筆記試験を合わせ総合一〇位でございました」

「アリスやったわね」

リディアが小声でアリスの上位合格を喜んでいた。

――へぇー。アリス姉さま、すごい！　総合一〇位なんて！

カインは満面の笑みでランドルフからの報告を聞いている。

「合格発表後、アーサー様達とお祝いをさせて頂き、入寮日まで王都見学をされ過ごされていました」

「おおっ」「仲がよろしい」「すばらしい」などの声が聞こえてくる。

――いいなぁー、僕もアリス姉さまの合格をお祝いしたかった。

カインは兄弟で一人参加できなかった、アリスの合格祝いにちょっと悔しさを感じた。

「次は、街壁拡張についての報告です。当初は許可書を受取るだけの予定だったのですが、宰相様からの登城の要請があり面会をしてまいりました。内容は石畳の件でしたので、事前に打ち合わせをしました通りの回答をお伝えしております」

「何か問題があったか？」

「いいえ、特には。シールズ辺境伯様からのご報告もあったようで、報告内容が本当かと問われただけでした。どうも、王都には一日で石畳が完成したと誤った情報が伝わっていたらしく、真偽を当事者から聞きたかったという意図があったようです」

「そうか、シールズ辺境伯様へ後程お礼状をお送りしないとな」

ルークは目を瞑りながら呟く。

「街壁の拡張自体は、無事に許可が下りました。特に条件もなく希望通り拡張ができそうです」

「「おおっ」」と整備局の参加者から感嘆の声が上がる。

「よし、早速街壁の拡張について会議を始めよう」

ルークが少し興奮しながら会議の開始を宣言する。

「「はいっ」」

会議に参加している全員から同意の返事が返ってきた。

「それでは、今までまとめた基本構想を振り返ります。拡張面積は、現在の二倍。大深森林とは反対の方向に拡張。新市街地の本通りは、中央に一本ではなく二本に設定する……」

ランドルフが新市街地の拡張内容を読み上げていく。

「……以上になります、各局長から追加案や提案などありますか？」

ランドルフが拡張内容をすべて読み上げた後、各局長に質問をする。

ランドルフに答え、数人の参加者が手を挙げる。

「では、整備局長から」

「ありがとうございます、整備局から追加の提案になります。二本の本通りの間の敷地に、『憩いの場』としての広場の設置と広場の周辺には軽食などを出す飲食店と商店の配置を提案します」

指名された、整備局長が提案をする。

「ほう。なぜ、わざわざ『憩いの場の広場』の設置を考えた？」

ルークが整備局長に質問をする。

「はい、街壁の拡張をし新市街地ができると、どうしても新市街と現市街との住民との軋轢が芽生えます。それを新市街地に『憩いの広場』を設置し収穫祭などの会場にしたり、行政から発表の場にすることで新市街の住民と現市街の住民の交流の場にしたいと考えました」

参加者から、「おおっ良い案だ」とか「確かに」などの賛同の声が上がる。

「では、次に食料局長」

ランドルフが賛同の意見が収まるのを待って、食料局長を指名する。

「ありがとうございます、食料局から拡張される街壁の内側に農地と牧場を設置する事を提案いたします。先日の大森林からのモンスター侵攻が今後もある可能性を考慮した結果になります。牧場については、カウカウブルの酪農を行いたいと考えました」

「街壁の内側への農地の設置は分かるとして、モンスターであるカウカウブルを街の中で飼育は危険ではないですか？」

アーガイル騎士団から心配の声が上がった。

「安全面については、牧場の柵を石壁にしカウカウブルのコントロールは魔物使いを新たに雇用し飼育を行います。すでに、サンローゼ家の魔物使い(テイマー)がカウカウブルの飼育をしており実績もあります」

成功している実例がある為、参加者は納得したようだ。

「次は、行政局長」

ランドルフが会議を進行する。

「はい、行政局からは設備の設置などではありません。現市街からの商家が新市街に移動した場合の優遇処置についてです。行政局からは、積極的に現市街から新市街に商家の移動を推進する案を提案します。移動に応じた商家には、五年間の税制優遇と移設に伴う資金援助を行う事を提案します」

「ふむ、良い案だとは思うが。資金の回収の目途などを詳しく説明してほしい。ランドルフ、明日以降に報告会議を予定に入れてくれ」

「畏まりました」

ランドルフがルークの指示に即答をする。

「他にありませんか？」

カインは、勢いよく手を挙げる。

「それでは、カイン様お願いします」

「ありがとう、ランドルフ。僕から二つ提案です。『下水道の設置』と『街灯の設置』です」

カインは自信をもって発言をした。

「カイン、『地下下水道』については以前から聞いているから理解しているが、『街灯』の話は初耳だが？　詳細を説明してほしい」

ルークがカインからの提案に説明を求めた。

「はい、先日シールズ辺境拍の街で設置されている街灯を見て、ぜひこのサンローゼの街でもと思いました」

「ほう」

ルークもその情景を思い出したのか、それともサンローゼの街を想像してか大きくうなずく。

「ただ、残念だったのが街灯の形がバラバラで統一感がなかったのです。我らがサンローゼの街では統一の街灯を設置してより美しく見せられればと思いました」

カインは自信に満ちた笑顔で説明をする。

「しかし、それだと資金かな……」

ルークが渋い顔をしながら呟く。

「それについては、案があります。街灯を魔道具で行うとかなりの資金が必要ですが、生活魔法の

【光】を灯す外側だけを設置するだけであれば、かなり費用を削減できると考えています。ちなみに【光】の魔道具は僕が作るので安心してください」

「ふむ、よし一度試算をしてみてくれ。ランドルフ頼む」

「畏まりました」

ルークの要望にランドルフが答えた。

「それでは、追加の提案は以上でしょうか。ルーク様ご判断をお願いします」

「ふむ、それぞれとても良いと思う。街壁拡張計画に追加したいと思うから、ランドルフと共に計画を立てるように。カイン以前作製した街の模型のように拡張計画を追加した模型を作製してほしい」

「はい、分かりました。このテーブルの上に作りますね」

カインは席を立ち、【魔力循環】を始め街のイメージを固めていく。

「【クリエイトクレイ】」

カインが呪文を唱え両手の平を、会議室のテーブルにかざす。テーブルの上が光り出し中心から粘土でできた街が中心部から広がるように創られていく。始めに現在のサンローゼの街が出来上がると、次に拡張する街壁が端から立ち上がっていく。

街壁が緩やかにカーブを描きながら創られていき、現在の街壁に接続された。最後に先ほど提案のあった二本の本通りが創られ光が消えた。

「「「おおっ」」」

参加者から感嘆の声が上がる。

「お待たせしました、修正箇所などありましたら言ってください。修正しますので」

カインが完成を告げる。

参加者が席を立ち、それぞれに作成してきた書類と街の模型を見ながらグループで相談を始める。

カインは席を立ちランドルフの側に行く。

「ランドルフちょっといい？　相談したいことがあって」

「なんでございましょうか？」

「うん、ちょっと考えていてね。僕が街壁を魔法で作るから予算削減ができて良いと思うだけど、本来仕事を受けるはずの石工ギルドの人達の仕事を取ってしまってないかと思ってね。それに本来動く経済も……」

カインは少し俯きながら話す。

「カイン様……カイン様は、本当にお優しく良く考えられていますね。施政者としては低予算で街の拡張ができるのであれば喜ぶものですよ。でも、カイン様はそれだけではなく、石工ギルドに支払われる費用の経済効果まで考えられるとは。本当に将来が楽しみです」

ランドルフがとても嬉しそうに答える。

「大丈夫です。先の砦の作製時のように土台はカイン様にお願いしますが、壁の上面に追加作製する見張り台などは従来通りに石工ギルドに依頼しますので街壁作製の仕事がなくなる事はありません」

そしてランドルフが模型の新市街部分を指さす。

「それに街壁が出来上がった後は、街中の建設という仕事があるので大丈夫だと試算しています。工期が短ければそれだけ早く移住者なども増え、素早い経済成長を見込んでいます」

「良かった。安心したよ」

カインはランドルフの言葉を聞いて、ニッコリと微笑んだ。

「カイン様、失礼します。お願いがあります」

ランドルフとの会話が終わるのを待っていた整備局長が声を掛けてくる。

「何？　修正かな？」

「はい、新市街に新庁舎を造って頂きたく」

「いいよ。何処かな？」

カインは整備局長の要望通りに新庁舎を追加した。それからも各部署の要望に応えながら追加や修正を行っていった。

「他にはないかな？」

カインがすべての要望に応えて、新市街を作り終えると全員がうなずく。

「これが、できるのかぁ」「素晴らしいですね」「ワクワクします」

参加者が新市街の完成図予想模型を見ながら、感想を述べる。

「皆、完成すればサンローゼの街はこれ以上の良い街になり、発展していくだろう。私はこのサンローゼの街を、領民全員が笑顔で安心して過ごせる街にしたい。力を貸してくれ」

ルークが参加者全員を見つめながら宣言をした。

「「「はい」」」

参加者全員から強い気持ちが籠った返事が返ってきた。

カインはサンローゼの街が今以上に良い街になると感じとても嬉しくなった。

サンローゼの街の門の外にカインを始め作業着を着た総勢二〇名の人員が、街壁の外に広がる休耕中の麦畑とその奥に広がる草原を見つめていた。

集団の中から一人の男性が進み出て、集団の前に用意されている木箱の上に乗りしゃべり始めた。

「おはようございます、本日より新市街地の建設がついに始まります。街壁外での作業になりますので、常に四人一組で作業、行動をお願いいたします。それでは、領主様よりお言葉を頂きたいと思います」

ルークが交代で木箱の上に上がりひとしきり参加者を見渡ししゃべり始めた。

「ついに、長年の準備が整い新市街の建設の開始である。この新市街が出来上がれば、より我らのサンローゼの街は発展しより豊かになるだろう。いや、必ず豊かにしてみせる！　その第一歩が今日だ、末代まで誇れるように尽力してほしい。頼んだぞ！」

「「「はいっ！」」」

ルークの宣言に全員一致で返事をした。

宣言の後、それぞれの班に分かれ作業が開始された。まず測量班が街壁の建設位置に線を引き始める。その線に沿ってカインが幅六m、高さ三〇mの石壁を構築する予定だ。大体一か月程かけて作る計画になっている。

まだ測量班が本日分の線を引き終わるまで大分時間がかかる為、カインは待機場所で作業を眺めながら【魔力循環】を始めていた。

──【魔力無限大】のスキルがあっても、一度に無限の魔力を放出はできないからきっちり【魔力循環】をしておかないと、前回みたいに倒れちゃうからな。気を付けなくちゃ。

カインは、ゆっくりと呼吸をしながら【魔力循環】の量と濃度を増やしていく。

約一時間経った後に、測量班から本日予定分の線が引き終わったと連絡がきた。この一時間ずっと【魔力循環】を行っていた為かなりの濃度と量の魔力を練る事ができた。しかしその為かゆっくりにしか移動ができず、移動に時間がかかってしまった。

三〇分くらいかけて、新街壁の始点に到着した。後々思ったのだが、ガーディかバルディッシュに運んでもらった方が良かったのではと思ったりもした。

「それでは、始めます。皆さん下がってくださいねー」

カインは周辺にいるメンバーと測量班に声を掛ける。万が一にも倒れたり、崩れたりした時を想定してそれぞれ、規定の位置まで下がる。

カインはゆっくりと地面に両手をつく。そして測量班が引いてくれた線に沿って魔力を流していく。魔力が二〇〇m先のポールに到達する。

カインは、流した魔力がポールに到達した事を感知し構築する街壁をイメージし始める。カインの目の前に半透明な街壁が見えた。ここ最近のイメージ訓練を続けた結果、構築する街壁が呪文発動前に見えるようになった。

「よし、……我が意思に従い顕現せよ！　【ストーンウォール】」

カインが呪文を発動させると、魔力を流した線に沿って壁がせり上がっていく。【魔力循環】で練った魔力をすべて放出した後、長さ二〇〇mの街壁が出来上がっていた。

「「「おおっ」」」

他の作業者から感嘆の声が上がる。

「ふぅ、成功かな？　確認お願いしまーす」

カインは地面から立ち上がり、測量班に確認のお願いをする。

「カイン様大丈夫ですか？　体調が悪くなっていたりしませんか？」

バルビッシュがカインに駆け寄り、聞いてきた。

「大丈夫だよ。頭もふらつかないし、魔力痛も感じない」

カインは、手を握ったり、開いたりしながら答えた。

「カイン様、しかし凄いものですね。一瞬でこんなに大きな街壁ができてしまうなんて」

ガーディができたばかりの街壁を眺めながら、感嘆の声を上げた。

「ありがとう、ガーディ。でも勇者様や賢者様だったら一度に構築できたんじゃないかな？　だからまだまだ、僕は頑張らないと」

「そんな、謙遜されなくしも……」

バルビッシュが苦笑しながら呟く。

測量班の人達がカインのもとに駆け寄ってくる。

「カイン様、報告します。出来上がった街壁は、測量線通りに構築されており問題ありませんでした」

「確認ありがとうございます。成功してよかったです」

カインは、満足そうににっこり微笑みながら答えた。

こうして、街壁の拡張工事が始まった。

街壁の拡張工事が始まり、六日が経った。一日約四〇〇ｍずつ増設しているので、約二・四㎞の拡張が終了した。なぜ〝約〟なのかと言うと、一度の魔法で建設する長さを二〇〇ｍとしたのだが次の街壁の建築時にどうしても隙間ができてしまったのだ。
そこで、わざと六ｍ程間を開けて街壁を建設し、それと垂直に新しい街壁を立てて間を埋めることにした。きっかけはガーディの一言だった。
「あー、どうやっても街壁と街壁の間に隙間ができてしまう」
どうしても石壁を立てる時に地面に手を突いて行う為、カインの幅だけは開いてしまうのだ。逆方向から行っても目印のポールを立てている為、ポール分だけ隙間ができた。

「バルビッシュ何かいい案はないかな？」

「そうですね、隙間分だけ追加で作ってはいかがですか？」

「ううん、さっきやってみたんだけどぴったりできないんだよ。どうしても隙間や段差ができてしまうんだ」

カインとバルビッシュが隙間を埋める為の方策を考えていると、

「カイン様、この街壁にはどのように上るんですか？　壁の端だけだと、移動が大変そうですよね。途中で階段とか追加で建築するんですかね？」

ガーディが街壁を眺めながら質問してきた。

「そうだね、一定間隔で登れる所を作る必要があるよね。見張りや連絡の時に壁の端にしかないと不便だし。降りるとき専用の滑り台とか造るかな？」

カインが作った街壁を眺めながら返答する。

「ああっ、そうだよ。ガーディありがとう。階段を作るんだから踊場を先に作っちゃえばいいんだよ。ガーディありがとう。バルビッシュ街壁の外側の三m位の所にポールを立ててくれる？」

カインが目印のポールをバルビッシュに渡す。バルビッシュは整備局の担当者と距離を測り、ポールを立てた。

「カイン様、お待たせしました。いいですよ」

バルビッシュがポールを刺してポールから離れる。

「いくよー！　……【ストーンウォール】」

カインが呪文を唱えると街壁と街壁の間に、すでに作製した街壁と垂直に内側と外側に三mずつはみ出した石壁ができた。

「よし、上手く行った。隙間もないかな？　気持ち隙間より大きくなるようにイメージしたのがうまくいったね。あっ、バルビッシュが……」

カインが壁の隙間を埋めた為、バルビッシュと整備局の担当者が壁の外側に取り残されてしまった。

それからは、二〇〇mの街壁を作り六mの幅を開けて再度二〇〇mの街壁を作製。その後隙間を埋める街壁を追加するのを一日のノルマとして作業を続けてきた。一辺三kmのコの字街壁を作製予定なのでもう少しで1／3が完成する。

「カイン、街壁の作製は日々順調と報告が来ているが何か現場で困っている事はないか？」

ルークが夕食の時にカインに質問をしてきた。

「そうですね、特にはないのですが……一点しょうがない事かと思いますが街壁を作っていけばいくほど移動の距離が延びるので時間がかかるのが困り事でしょうか」

「確かにそれはしょうがないな。街壁と同時には街を建設できないしな」

「はい、それでも不便は、不便なので壁ぎわだけでも明日整地して馬車が走りやすくしようかと思っています。出来上がった後も役に立つと思いますし」

「ふむ、良い案だと思うが明日は工事の休みなのだろ？　あまり無理は良くないぞ」

「そうよ、せっかく明日はカインと一日過ごそうと思っていたのに」

リディアが不満をもらす。

「大丈夫です、あまり時間もかかりませんし。リディア母さま、午後にお茶会をしませんか？」

ニッコリ笑いながらリディアにお茶会を提案する。

「それはいいわね、ロイド料理長に美味しいお菓子をお願いしなくちゃ」

リディアは明日のお茶会を想像しとても楽しそうだった。

カインはリディアの様子を見ながら、

――前世の頃に比べれば、一、二時間だし休出にもカウントされない位の時間だしね。それでもバルビッシュ達には、休出手当をちゃんと支払うけど。

次の日。宣言通り朝食を取った後、拡張した街壁の内側の一〇m位の幅で整地をして馬車が走りやすいようにしていった。二時間かからずに終了し二人には休出手当と昼食をごちそうして屋敷に戻った。

午前中に街壁内側の整地を終えて屋敷に戻って来たカインは、体の埃を落とし着替えをしてお茶会をする食堂に向かった。食堂ではリディアが、メイド長達とお茶会で食べるお菓子やお茶を準備していた。

「リディア母さま、遅くなりました」

カインが食堂の中で準備をしているリディアに声を掛けた。

「カイン。お帰りなさい。遅くないわよ、もう少しで準備が終わるからちょっと座って待っててくれる？」

「はい」と返事をしてテーブルの端席にカインは座る。

一〇分くらいで準備が終わり、お茶会が始まった。テーブルには二種類の香茶と小さなサンドイッチと生クリームのケーキが用意されていた。

「カイン、お待たせ。さあ、始めましょうか」

リディアがカインと自分の分そして準備を手伝っていたメイド達の分のお茶を入れる。リディアとのお茶会の時は、いつも用意をしてくれたメイド達の分のお茶が用意されるのが通常だ。普通メイド達は主人のお茶会時に側にはいるが参加はしない。

しかし、リディアの場合そばで立たれているとゆっくり話ができないと言い、メイド達も参加するようになった。

「最近カインは、働きすぎよ。もう少しゆっくりでもいいのですよ」

「はい、でも早く街壁ができればそれだけ領民のみんなが安心で楽しく過ごせる日が早く来ると思うので頑張っちゃうんですよね」

「それは正しいですが、あなたが倒れてしまっては何もならないし、計画も中止になってしまうのですから。分かりましたか？」

「はい……リディア母さま。そうですね、僕しかできないのに僕が倒れてしまうのは最悪ですね。明日にでも皆と話し合います」

「うふふ、素直でよろしい」

リディアは微笑みながら、香茶を一口飲み。そしてケーキを一口食べた。

「ああ、生クリームは本当に美味しいわ。今度シールズ辺境伯領に行く時には、お母様へのお土産にしたいわ。でも、これから少しずつ暖かくなるから無理ね。まさか、ナナ達を連れていくわけにはいかないし……」

「リディア母さま、シールズ辺境伯領へは街壁が出来上がってから出発でしたよね？」

「そうよ、約束より少し遅くなるかもしれないけど、すでにお父様には連絡済みだから大丈夫。でも暑くなる前には、行きたいわね」

「そうですね、暑い中での作業は大変ですし」

リディアとカインは笑い合いながら話をつづけた。

「そうそう、アリスから手紙が届いたのよ。とても元気だそうよ」

リディアがアリスから届いた手紙の話をし始めると、メイドが手紙をリディアに渡した。

「へぇー、僕には何もくれないのに。リディア母さまだけなんて、なんて書いてありました？」

「ヤキモチは、ダメよ。女性同士積もる話もあるのよ。それに姉としてカインに心配をかけたくないんじゃないかしら。それに、手紙でもカインの事をちゃんと心配してたわよ」

「アリス姉さまは、心配性ですからね」

アリスを思い出しながらカインがつぶやく。

「そうそう、新しい出会いがあったようよ」

リディアがアリスの手紙を読み始めた。

『リディア母さま、とっても素敵な方に出会いました。あ、でも安心してください、女性の方です。クリス兄様の勧めで学園騎士団に参加する事になりました。学園騎士団では戦闘訓練を始め、野外活動などを学ぶことができます。その学園騎士団に女性ですが【プロミネンス】の二つ名を持つ、アンジェリー＝ゲイン様がいるのです。そして、昨日は直接剣術の指導もしていただけました。私もアンジェリーナ様のようになれるように日々訓練を頑張っていきます』

「へぇー、アリス姉さま頑張ってますね」

「本当に元気そうで安心しました。目標とする人に出会えるのはとても幸せな事ですしね」

ちょっと目を潤ませながらリディアが手紙を見つめる。

アリスが年越しの日に帰ってきた時に吃驚するような新市街を作るんだーと、再び心に誓うカインだった。

「…………【ストーンウォール】！　よし！　終わったー」
カインは最後の街壁の最後の部分を作りガッツポーズをする。それに合わせて拍手が沸き起きる。
「カイン様、ありがとうございました。これで新市街の建設が始められます」

整備局の担当者からお礼を言われる。

「そうだね、街門の形も決まったと昨日連絡貰ったしね」

カインは、街門の方向を見ながらつぶやいた。

時間は街門作製予定日までに遡る。

「バルビッシュ、今日は街門の作製予定日だけど何か整備局から要望とかの説明あるのかな？」

カインが建設地へ移動する馬車の中で、バルビッシュに確認をする。

「はい、現地で説明を行うと整備局長より昨日連絡が来ました」

バルビッシュはメモ用の木版を取り出しカインに返答する。

「簡単な形状だといいなぁ。僕的には、防御力を考えて厚い一枚の石壁に、出入口の穴だけを開けるのが良いと思うけど。街の顔だから結構こだわりがありそうだよね」

カインは、以前見たシールズ辺境伯の豪華な街門を思い出していた。

それから、馬車に揺られる事二〇分程で現場に到着し馬車から降りる。そして建設事務所となっているテントに入っていく。

「おはようございます、カイン様」

テントに入ってきたカインを見つけ現場監督が挨拶をしてくる。

「監督さん、おはようございます。あれ？　今日はいつもより多くの人がいますね？」

テントの入口より、奥に集まって何やら議論をしている十数人の大人達を見ながら質問をする。

「はい、本日は街門の形状を決定する日なので整備局や騎士団、そしてなぜか行政局まで来ておりまして……」

現場監督も意味が分からないという表情をしながら返答した。

「おい、お前達。カイン様が到着された、会議を始めるから席に座れ」

現場監督が大声で、団子になって話し合いをしている人々に会議を始める事を告げる。

現場監督の言葉でカインの到着に気付いた参加者は、カインに次々と挨拶してから会議の席に着く。

「よし、全員席に着いたな。まったく、カイン様の到着までに、まとめるようにあれ程言っておいたのに。まあいい、それでどの案で作るのか決まったのか？」

現場監督が整備局長に説明をするように促す。

「それが……、実はまだ三案から絞り込めていない。どの案も一長一短でまとまらなかった」

整備局長が三枚の図面を会議のテーブルに広げながら、説明を始める。

整備局長の説明を纏めると、整備局案、騎士団案、財政局案の三案が最後まで残った。しかし見た目、コスト、防衛力三つを兼ね備えた案を作れなかったらしい。

「それでどうするのだ。こんな状態なのはもっと早く分かっていたはずだろう」

現場監督が少し大きな声を出し整備局長始め、街門検討グループのメンバーを叱責する。

街門検討グループの一同は、苦しそうな表情を浮かべ下を向く。整備局長がゆっくりと顔を上げる。

「後、七日、いやっ五日だけ待ってほしい。それまでに必ず纏める、いや纏めてみせる。カイン様、どうか、もう少しだけ猶予を頂けないでしょうか」

「えっ、僕ですか？　は、はい、僕は良いですが。現場監督は大丈夫ですか？」

いきなり、話を振られたので少しキョドリながら返答をし現場監督に最終判断を促す。

「まったく、カイン様にお許しいただけたから良いものの。それではカイン様。街門以外の壁を先に造っていただけますか。お願いいたします」

「はい、良いですよ。街門のスペースだけ開けて続きを造ればいいだけですし。それよりももっと議論をしやすいように三案の門の模型を作りましょうか？」

「えっ、よろしいのですか？　ありがとうございます」

整備局長がカインからの意外な提案に吃驚しながら、カインからの提案に喜ぶ。

「このテーブルの上でいいですかね？　……【クリエイトクレイ】×三」

三図面を見ながら、カインはそれぞれの案の街門を作り上げる。

「それでは、カイン様。今日は次の工程の街壁の作製をお願いできますでしょうか」

現場監督に促され、カインはテントの外に出た。

それから三日が経ち、その日の作業を終えて馬車で戻っている途中道をとぼとぼと歩く整備局長を見つけた。

「バルビッシュ、あそこを歩いているのは整備局長だよね？　どうしたんだろう？　ちょっと馬車を止められるかな？」

カインは、背中に重い物を背負って歩いているかのような整備局長を見つけ、馬車を止めた。

「整備局長、大丈夫ですか？」

カインは馬車の窓を開けて、整備局長に話しかけた。

「これは、カイン様。気づかず失礼をいたしました。何か御用でしょうか？」

「お時間があれば、馬車に乗りませんか？　街門案の状況を教えて頂きたいし」

バルビッシュが馬車の扉を開け、整備局長を馬車に招き入れる。

馬車が走り始めると、整備局長が少しずつ状況を話し始めた。

「それが漸く絞り込め領主様に説明に行く途中なのですが、時間が経つとそれで良いのかと思い始めまして」

「そんな、大丈夫ですよ。この前の三案だって僕的にはどれも良いと思いましたよ。それを纏めたのですからもっと良くなってるはずですよ」

カインは、笑顔で答える。

カインの意見を聞いて整備局長の表情が和らいだ。

「それに、全部が全部一人で決めなくても、良いと思いますよ。領主様が最終的な判断をするのですから、整備局長が選んだ一案とその他二案を持っていって選んでもらえばいいのではないでしょうか？」

「えっ?!　た、確かに私は今まで自分一人で決めるのだと思い込んでいました。ありがとうございます。カイン様」

整備局長は、何かスッキリとした表情でカインに感謝を伝えた。

「バルビッシュ、結局どんな案になったか聞いている？」

カイン達は最後の街壁を作製した後、街門へ移動している馬車の中で確認をする。

「はい、今朝ほど報告が回ってきました。街門のイメージ図を見ましたが以前の三案を合わせたような形でしたね」

「へー、あの三案を纏められたんだ。整備局長頑張ったんだね、これはどんな形状か楽しみだ」

カインは馬車の中から近づく街門建設予定地を眺めながら呟く。

馬車が新街門の建設予定地に到着して、扉が開かれる。開かれた扉の先には、整備局長がとても良い笑顔で立っていた。

「カイン様、おはようございます！　本日は宜しくお願い致します」

「おはようございます、整備局長。新街門の案纏まってよかったですね、どんなデザインになったのかとても楽しみです」

カインも笑顔で応答をする。

挨拶が終わった後、整備局長に先導され先日も打ち合わせをした天幕に入っていく。

「おはようございます！　カイン様」

天幕の中で打ち合わせをしていた、メンバーがさっと席を立ちカインに挨拶をしてくる。

「おはようございます！　今日はよろしくお願いします」

カインも挨拶を返す。

「さて、早速ですが新街門建設の打ち合わせを始めさせていただきます。カイン様こちらの席にお願いします」

整備局長が上座の席を引きながら、カインに着席を促す。カインがゆっくりと席まで移動して着席をすると参加者も全員席に着く。

「皆様、先日は新街門建設案をまとめられず申し訳ございませんでした。漸く皆様の要望をまとめた納得できる案を作れたと自負しています。ご覧ください」

整備局長が模造紙くらいの大きさの羊皮紙を広げる。そこには、かなりスタイリッシュでありながら華美過ぎない美しい新街門が描かれていた。

「おおっ、これは立派な街門ですね。この門が我らがサンローゼ領の新しい顔になるのですね。しかし費用が掛かりそうですね」

財政局長が新街門のデザインを見ながら整備局長に確認をする。

「整備局での試算では、前回の財政局案の3／4くらいの費用で建設ができる計算です」

整備局長が自信をみなぎらせながら答えた。

「ただ、カイン様のお力を貸していただく量が増えてしまいました」

整備局長が申し訳なさそうに声を段々小さくしながら付け加える。

「防衛面はどうなっているのか？　整備局長」

騎士団長が同じく新街門のデザインを見ながら質問をする。

「防衛面での対策は三つあります、一つ、新街門の外に空堀を作り一番外側の門を下ろす事で渡れるようにしています。ですのでこの門を上げてしまえば、モンスターなどの侵入を防げます。もし、門を上げられなくても、第二の門が侵入を防ぎます。最後は、街側の門を閉じて侵入を防ぎます」

整備局長が真直ぐ騎士団長を見ながら回答する。

「ふむ、三つも門があり防衛力は十分のようだな」

騎士団長が納得したようだ。

「さて、それでは皆様のご賛同も得られたようなので具体的な建設計画をご説明させて頂きます」

そう言うと整備局長は完成までの計画と役割分担を説明し始めた。

カインの担当は、簡単に言うと基礎部分と外の空堀の作製と第一門の土台作製だった。カインは説明を聞きながら一週間ぐらいで自分の仕事が終わるかなっと考えていた。

次の日から、カインはバルビッシュと一緒に現場に来て作業をしていた。

「【ストーンウォール】、【ストーンウォール】、これで今日の予定は終了かな？」

「はい、カイン様。お疲れ様です、後は明後日に空堀を作製、その次の日は第一門の作製ですね」

バルビッシュがメモを見ながらカインの質問に答える。

「ありがとうバルビッシュ。この調子だと予定より早く僕の仕事は終了しそうだ。完成が楽しみだ」

カインは造り上がっていく新街門を見ながら、今はまだ更地の新街と建物が立ちにぎわっている想像の新市街を重ねた。


「これで最後だ！　【ストーンウォール】！」

カインが地面に手を突きながら呪文を唱える。門の両側に二つの円柱がそそり立つ、この二つは門の見張り台になる塔だ。

「カイン様、お疲れ様です。これでほぼ街門も完成ですね」

バルビッシュがデザイン通りの形になった街門を見上げて呟く。

「これから、石工ギルドの親方達が外装を仕上げれば完成だね。かなりカッコイイよね」

完成形のデザインと現在の街門をイメージで重ねながらカインも返答する。

「カイン様、お疲れ様です。なんとか予定通りに完成できそうです、ありがとうございます」

整備局長がお礼を言いながら、近づいてきた。

「あ、整備局長お疲れ様です。でもしばらくは第一門は下ろしたままになりますね」

カインが空堀に掛かる第一門を見ながら質問する。

「はい、来月には隣国のドレーン国より石工ギルドのドワーフ達が跳ね橋の機構を造りに来てくれるまでですね。それまでは開けたままです。第二門は出来上がっていますので防衛は大丈夫です」

「確か第二門は、サンローゼ領の石工ギルドの親方達と冒険者ギルドの協力によりビッグトレントを使用しているんだよね？」

カインがバルビッシュに尋ねる。

「はい、防衛の要になるとの事でルーク様直々のご指示だったと記憶しています」

バルビッシュが思い出しながら答える。

「ビッグトレントって中々レアなモンスターだったよね？」

カインが少ないモンスターの知識を思い出しながらバルビッシュに確認をする。

「そうですね、この辺ではあまり出現しないとランドルフ様が言われていましたね。なのでルーク様は大分前からご準備されていたみたいですよ」

「へぇー、そうなんだ」

カインは『だから第二門の色が良く見ると少しまだらなのか』と理解した。

「しかし、カイン様からご提案頂いた『タイル』でしたか？　とても良いですね。普通の石積みですとどうしても登りやすくなってしまいますし。【ストーンウォール】のままですと少し物足りないというか。あっ、すみません。せっかくカイン様が費用と工費の節約の為に行っていただいたのに」

整備局長が深々と謝罪をする。

「気にしないでください、本当の事なので。街門はサンローゼ領の顔ですからね、カッコよく見せたかったので丁度良かったです」

カインは整備局長の言葉を慌てて否定する。

「これで僕は、漸く下水道作製に取り掛かれます」

カインは小さくガッツポーズをしながら答える。

「下水道は、道の下に作るんでしたよね。でもなぜ道の下なのですか？」

警備局長が少し顔を傾げながら質問する。

「下水道は地面の下に作るので、道以外の下に作ると再開発などで地面を掘った時に基礎などに当たってしまう可能性がありますからね。それにあんまり深く作ると川に流せなくもなるからね」

カインが地面に絵を描きながら説明をした。

「ただ掘ればいいという物でもないんですね。最初説明を聞いた時は、家々の下に掘ればいいのかと思っていましたよ」

バルビッシュがカインの描いた絵を見ながら呟く。

「そうすると、新市街の道ができないと旧市街の下水道も作れないのですね。まだ新市街ができるまでは大分かかりますが……」

警備局長が街門の向こうに見える更地を見ながら呟く。

「大丈夫、大丈夫。大通りと主要な道は家屋を立てる前に作る予定だから、その下にあらかじめ作っておけば大丈夫！」

カインが力強く宣言をする。

「「さすが、カイン様」」

バルビッシュと整備局長がハモりながら盛り上げる。

――実はそうしないといつまでも、下水道が作れないと昨日の夜に思いついたのだけどねぇ……。

カインは感動している二人の姿を見ながら苦笑いをする。

「ふふふっ、やっとレベルが上がった!! やっぱり街壁を頑張って造った甲斐があったね」
カインは自身のステータスボードを見ながら呟く。

～～～～～～～～～～～～～～～～～～～～～～～～～～～

名前：カイン＝サンローゼ
年齢：7
レベル：15 → 16
中略
スキル：【土魔法：レベル5（UP）】【魔法陣魔法：1】【回復魔法：3】【魔力量無限】
【魔力操作：4】【詠唱破棄】

～～～～～～～～～～～～～～～～～～～～～～～～～～～

「さてさて、どんな新しい呪文が覚えられたかなぁ?」
ステータスボードをスクロールさせながら新呪文を確認する。
「おっ、新呪文は三つだ。【アースソナー】と【ストーンキャノン】と【ソイルインプルーブ】だ」

～～～～～～～～～～～～～～～～～～～～～～～～～～～

・レベル5
アースソナー〈深さ五mまでの地中の様子を確認する（拡大可能）〉MP：三〇
ストーンキャノン〈直径二〇㎝の石のボールを敵に向かって高速で放つ〉MP：三五
ソイルインプルーブ〈三m×三mの土壌改良を行い、栄養豊かな土壌にする〉MP：四五
〜〜〜〜〜〜〜〜〜〜〜〜〜〜〜〜〜〜〜〜〜〜〜〜〜〜〜〜〜

「やった！【アースソナー】が使えれば下水道を掘る時に方向とか間違えずに済むね。いいタイミング！　これもガーディア様の加護のおかげかな？」

カインは、下水道を掘っている姿を思い浮かべてニヤニヤする。

「しかし、【ストーンキャノン】えぐくない？【ストーンバレット】でもかなり殺傷力あるのに……直径二〇㎝ってボーリングのボール位あるよね。命中したらオーガくらい倒せるんじゃない？　やば、フラグじゃないぞ、フラグじゃ」

カインはボーリングの玉が、オーガの頭に命中しオーガの頭が爆ぜる様子を想像し鳥肌が立った。

「【ソイルインプルーブ】はいいね。これから小麦の種まきの前に使えば収穫量が上がるかもね。毎回は難しいと思うけど次の種まきの前に、試してみよう」

カインは、畑いっぱいの黄金色の穂を思い浮かべながら呟く。

「カイン様、お昼の準備が整いました。食堂にお越しください」

メイドのララが扉越しにお昼の用意ができた事を伝える。

「はぁーい、今行きます。ララ、ありがとう」

カインが大声で返事をすると「お早めに」とララの優しい声が返ってきた。

ステータスボードを閉じてカインは食堂に向かう。入口でノックをしてから入室するとリディアがすでに席についていた。

「リディア母さま、お待たせしました」

カインは、笑顔で挨拶をしながらリディアの隣の席に座った。アリスが王都に行ってからはカインがリディアの隣で食事を取っている。

「お疲れ様、私も今来たところだから大丈夫よ。今日は何をしていたの、カイン？」

「はい、昨日で僕の担当の街門の作製が終わったので午前中は休養を取っていました」

「よかったわ、最近働きづめだったからそろそろ強制休養をって考えていたの」

リディアはホホに指を付けながら、笑顔で怖い事を言う。

「だ、大丈夫ですよ。無理はしていないので。僕が無理をすると皆にも無理をさせてしまいますからね」

カインは、固めの笑顔で返答をする。

リディアとカインが談笑をしていると昼食が運ばれてきた。今日のランチは『ハンバーガー』のようだ。相変わらず大きい。最近は付け合わせやソースの組み合わせが、どんどん増えていて屋敷の従業員の中には毎日でも良いと言っているメンバーもいるほどだ。

ランチが終わり、食後の香茶を飲みながらカインは食堂に来なかったルークについてリディアに質問をした。

「リディア母さま、父さまは？　今日も執務室から離れられないほどお忙しいのですか？」

「そうなのよ。街門と街壁が完成してきて、本格的に移動の申請が沢山上がって来ていて猫の手も借りたい位なのよ」

リディアはふうっと一つため息をついた。

「でも安心して、カインがお父様の所に行く時はちゃんとついていくからね」

「ありがとうございます」

カインは笑顔で答える。

——父さま大丈夫かな？

「何か、ルークに相談事でもあったの？」

「あ、はい。ようやく下水道の作製に着手できるのでご報告をと思ったのですが。後でランドルフに時間を取れるか聞いてみます」

「そうね。明日の午後あたりには、一息つけると思うから確認してみてくれる？」

リディアが『困ったわ』という表情で返答した。


「父さま、カインです」

カインは、執務室の扉をノックし扉の前でルークからの応答を待つ。室内から少し疲れ気味の声で「どうぞ」と聞こえてきた。ルークの応答の後、ランドルフが執務室の扉を内側から開ける。

「お忙しいところ、すみません。父さま」

カインが執務室に一歩入り一礼共に挨拶をする。

「気にするな、丁度一息ついたところだ。ランドルフ、新しい香茶を貰えるか？　リディアも飲むだろう？」

ルークがランドルフにお茶の準備と隣で書類に向かっていたリディアに声を掛ける。

ルークの執務机の上には書類が山高く積まれており、忙しさを物語っていた。リディアも執務机の隣に臨時に机を持ってきて作業をしていたようだ。書類の山の隙間から見える、少しズリ落ちた眼鏡が可愛い。

程なくして、トレイにお茶のセットを載せたメイドが入室し応接セットの上に三人分の香茶を用意する。今日のお茶請けはカステラだった。

ルークはカインとリディアを応接セットのソファーに座るように促し、自身も書類を一つ持ってソファーに座る。少しやつれた表情のルークは香茶を一口飲み話し始めた。

「カイン、今日は下水道工事の件について報告があるとランドルフから聞いているがあっているか？」

「はい、下水道工事が漸く始められそうなので、変更の説明と相談に参りました」

カインは一枚の羊皮紙を渡し、もう一枚をテーブルの上に広げる。そこには新市街と旧市街そして街の周辺が描かれていた。カインはその地図を指し示しながら説明を始める。

「まず当初の予定からの変更があります、新街門前の空堀を迂回するように通路を掘ろうと思っています。当初は新街門の下に下水処理用の大空間を作ろうと思ったのですが変更します」

カインは、地図の上に木炭の棒で通路のような物を描く。通路は空堀を迂回しながら森の手前下に大きな空間につなげる。

「下水処理の空間で引き込んだスライムを使って水を浄化し、森の下を通り川につなげます。また、森の中にスライムの出入口を作ります」

大空間から通路を描き地図上の川へとカインは線をつないだ。

「当初よりだいぶ大がかりのようだが、大丈夫か？」

ルークがサンローゼ領街の地図上に追加された下水道と下水道処理施設を見て呟く。

「そうね、それにこのスライムの出入口はここだけなの？」

リディアがルークの質問の後に質問をする。

「はい、大きさや経路については整備局長と局員達とすでに打ち合わせ済みです。予定より大きくなってしまったので予定よりも深く作る事にしました」

カインがルークの質問に答える。

「スライムの出入口ですが、スライム達を効率よく引き込む為に出入口は森の中に作るのが良いだろうと騎士団と冒険者ギルドとも調整済みです」

カインが想定済みの回答をリディアに回答する。

それからも、二人からの質問にカインが淀みなく答えて質疑応答が終わった。

「カイン、相談の方はなんだ？」

ルークが相談について質問してきた。

「ありがとうございます、スライムを引き込む為に最初だけですがゴブリンなどの死骸を下水道処理部に入れる事をご了承いただきたく。ゴブリンなどの死骸はスライムが全て消化する為、水質への影響もないと考えています」

カインの相談にルークは少し考えて、側にいるランドルフと二、三言葉をかわす。

「委細、了承した。無理せずに実施する事、くれぐれも無理はするなよ。カイン」

ルークがカインの目を真っ直ぐ見つめ言う。

「はい、承知いたしました」

カインも真直ぐルークの目を見て答えた。

「バルビッシュ、カインは直ぐに頑張りすぎるのでお願いしますね」

リディアがカインの後ろで聞いていた、バルビッシュに言う。

「御意」

バルビッシュがカインの後ろで礼をするのが分かった。

——僕はそんなに信用にならないのかな？　まあ、心配してくれるうちが花とも言うし素直に受け取っておこう。

カインは真剣な表情でルークとリディアを見て、「承知しました」と礼をした。

3章
戦術級な下水工事

翌日、カインはバルビッシュとガーディと三人で新街門の外の平野に来ていた。今日は下水処理の大空間を造るため、少し大変だが徒歩での移動だ。三人は街道から少し離れ森の淵で新街門の方向を眺めていた。

「カイン様、この辺で良いでしょうか?」

ガーディが周辺を見渡しながらカインに確認をする。

「そうだね、新街門から約三〇〇m位かな? ここから街道の下に掘り進めるからね」

カインが地図と新街門前の平野を見比べながら、二人に説明をする。

「現在周囲に魔物の気配はありませんが、入口を守る者を置かないと危険ですね」

バルビッシュが森の奥の方を眺めながら言う。

「入口の上に簡易的な家を建てて入れないようにするから、大丈夫だよ」

カインはそう言うと地面に手を突いて、【ストーンウォール】を唱え三方を囲む壁を立てる。

バルビッシュとガーディがため息を立てて首を振っているが、気にせずカインは作業を続ける。

「さて、一気に下まで行くよー、【ホール】×沢山!!」

カインが【ホール】を唱えると連続で穴が開き螺旋階段が出来上がった。

「ふふふ、イメージ通り!」

カインが出来上がった螺旋階段をのぞき込む。

――隠れて練習した甲斐があったね。なかなかバルビッシュが離れなかったからね。

ふと隣を見ると、バルビッシュもガーディも目を大きく見開いて驚いていた。その姿を見たカインは余計達成感を感じる。

カインは開いていた一面に石壁を立てて安全を確保し螺旋階段を下り始める。

「さて、今日は大空間を完成させないといけないからゆっくりしてないで行くよ」

「お待ちください、カイン様」

バルビッシュが後に続いて下りていく。

カインは螺旋階段を下りながら、【光】を壁面に唱えて明かりを確保する。大体地下四階くらい降りたくらいの深さで螺旋階段が終わる。

「あれ？　カイン様。行き止まりですが？」

バルビッシュが螺旋階段が終わり、踊場のような場所で壁を触っているカインに質問する。

「これから大空間を造る方向に横穴を掘るんだよ。今方向を確認しているからちょっとだけ静かにしてほしいな」

カインは手を壁に突きながら【アースソナー】を唱え方向を確認する。

「よし、この方向だ。【ホール】、【ホール】、【ホール】……」

ガーディが余裕で立って歩ける大きさのトンネルが出来上がる。

「カイン様、なんで方向がこっちと分かるんですか？」

ガーディがトンネルを進みながら質問をする。

「それはね、さっきここに来るまでに街道に魔石を埋めたでしょ？　あれを目印にしているんだ」

「ああ、確かにあの時何かを埋めていましたね」

螺旋階段を創る場所に移動中の街道のわきに、カインは目印の魔石を埋めていたのをガーディは思い出していた。

「あの魔石を中心にして、大空間を造るんだ」

そんな説明をしているとトンネルの終点に着いた。

「ここが、魔石の下ですか？」

バルビッシュがトンネルの天井を見上げる。

「こればかりは、信用してもらうしかないけど。さて、一気に創るから集中するね。二人は今立っている場所から動かないでね」

カインは魔石の真下という場所に立ち、目を閉じて深呼吸を始める。

――かなり魔力を使うからゆっくり循環をして魔力を練らないと。

カインは体内にある魔力をゆっくり圧縮し循環をする、圧縮した魔力を増やしていきつなげる。

次に大空間のイメージを固めていく。野球場くらいの大きさで等間隔に円柱の柱が並ぶ高さ一〇m位の空間をイメージを固める。

「よしっ！　クリエイト【ホール】！」

カインが呪文を唱え手をトンネルの地面に突くと魔力の広がりの後に空間が生まれ、円柱の柱を形成して大空間が出来上がった。

バルビッシュとガーディは何が起きたのかしばらく理解が追いつかず、できた空間とお互いとカインを交互に見てたっぷり数十秒経った後、見事にハモりながら驚きの声を上げる。

「な、なんですかこれは!!!」

「いやー、僕もびっくりだよ。こんなに一気にできると思わなかった。何か新しい【スキル】でも取得したかな? それに【ホール】の呪文の前に何か変な言葉を追加しちゃったけどうまくいって良かったよ」

カインは一番近い円柱の柱を叩きながら答えた。


バルビッシュは突然目の前に広がった景色に驚愕していた。今までもカインは常識では考えられない事を行ってきていたが、この目の前の物は桁が違うと考えていた。カインの力を他国との戦争などに使用した場合、敵の感知できない場所から地下を掘りながら進み、敵の砦や都市の下に目の前に広がる空間のような物を作ってしまえば都市を壊滅させる事は容易なのだから。

——カイン様は、ご自身の力をどのくらい認識されているのだろうか。

バルビッシュは冷や汗を垂らしながら円柱を叩いているカインを見つめる。

「カイン様、これは凄いですね!? こんな空間というか建物は見た事がないです!」

ガーディが興奮しながら少し大きめな声で出現した空間を指さす。

「ガーディ落ち着いて、声が凄い響くからね」

ワンワン響く音を耳をふさいでカインは防御した。

「す、すみません」

大きな体を小さくし小さな声で謝るガーディ。

「大丈夫、ちょっと大きかっただけだから。それよりもちょっと一度に魔力を使いすぎちゃったから休憩したいんだけど、早目のランチにできるかな？」

カインはお腹をさすりながら上目づかいでガーディを見つめた。

「今すぐ準備しますね。バルビッシュ！　ぼーっとしてないで手伝ってくれ！」

少し離れた場所でカインを見ていたバルビッシュに声を掛ける。

ガーディは、背負い袋から厚手の敷物と今日のランチが入ったバスケットを取り出して並べる。バルビッシュは、香茶のセットを取り出す。

「カイン様、申し訳ございませんがこのポットに【ホットウォーター】でお湯を頂けないでしょうか」

ガーディの敷いた敷物に腰をおろしていたカインは「はーい」と言いながらポットにお湯を溜めていく。

「はぁー美味しい。バルビッシュ最近、香茶を入れるのうまくなったんじゃない？」

カインが香茶を飲み感想を言う。

「ありがとうございます、本日のランチはハムサンドとタマゴサンドです」

バスケットの蓋を開けてカインの前にサンドイッチの箱を並べる。

「やったね、タマゴサンドめっちゃ美味しいから好きなんだぁー。いただきまーす」

カインはタマゴサンドを一つ取りかぶりついた。

「美味しいー！　今日のタマゴサンド味が濃くていいねー。香茶にも良く合うねぇ」

満面の笑みを浮かべながら、タマゴサンドを食べるカイン。

――この姿を見ると普通の子供なのですが……。

カインがタマゴサンドを食べている姿を見つめながら、バルビッシュが心の中でため息をつく。

「何？　バルビッシュ？」

食べているのを見つめられて、恥ずかしくなったカインがバルビッシュに質問をする。

「いえ、休憩後に何をされるかと思いまして」

バルビッシュが必死に冷静さを装う。

「えっとね、このままだと此処に水を入れると目が粗いから浸み込んじゃうんだよね。だから【アースプレス】を使ってツルツルにして水をはじくようにしたいんだよね」

「水をはじくですか？　はぁ？」

バルビッシュは、いまいち理解ができないのかあいまいな応答をする。

「【アースプレス】というと、浴場を作った時に井戸水を流す管に行った【魔法】ですね。確かにあれなら水が浸み込まないかもしれませんね」

以前作った浴場の水道管の事を思い出したのか、ガーディがつぶやく。

「そうそう、その【アースプレス】をここ全体に掛けようと思ってね」

「「えっ、ここ全体ですか!!」」

またも、二人の声がハモる。まさかと考えたのか、二人はキョロキョロと周りを見渡す。

「大丈夫だって、なぜかイメージ完璧だし。魔力の循環さえ失敗しなければ一度でできると思うよ」

カインは何をびっくりしているのって感じで返答する。

ランチ休憩後、カインは精神統一をした後魔力を循環させた。そしてこの空間をイメージすると3D映像を見ているように空間が手に取るようにイメージできる。カインが地面に突いた手から魔力を少しずつ広げていく。魔力が空間全体に広がったのを確認してカインが呪文を唱える。

「【アースプレス】」

カインが呪文を唱えると、空間全体が少し発光する。光が収まると大理石のように表面がツルツルの状態に空間全体が変化した。もうバルビッシュとガーディはポカーンとした表情でたたずんでいた。

下水処理の大空間全てを【アースプレス】で加工し終えたカインは、今日の作業を終了し帰宅する事にした。入口は上層部だけ【デリート】をかけて穴を埋めておいた。カインは今日の作業がイメージ通りにできた事でとても上機嫌だったが、バルビッシュ達は一言も発せず何かを考えているようだった。

——あれ？　ちょっと調子に乗って一度にやりすぎたかな？　これは、不味いか？？

カインは二人の様子を窺いながらフォローの言葉を考えていた。

「お帰りなさいませ、カイン様。作業はいかがでした？」

新街門の警備をしている兵士に声を掛けられた。

「はい、今戻りました。作業は滞りなく順調だね」

カインは普通に返答する。

「それは、良かったです。さ、お入りください。迎えの馬車が来ております」

兵士が道を開けて中へ促す。

「ありがとう」

カイン達は出来上がりつつある新街門をくぐり、兵士に言われた迎えの馬車に乗り込んだ。馬車がまだ未舗装の道をガタゴトと進んでいく。馬車の中は、誰も口を開かず道を進む音が響いている。

——あー、これは何か言わないと。

「ねぇ、バルビッシュ。今日の結果をルーク父さまに報告したいんだけどどうすればいいかな？」

「あっ、はい。そうですね、口頭での説明ではあの大きさが中々伝わりにくいと思いますので、見て頂いた方が良いかと思います」

バルビッシュは少し難しい表情をしながら答える。

「分かった、ランドルフに言って予定を確認しよう。今日はできた事だけの報告だね、そうすると拡張作業は現場を確認してもらってからだね」

カインは少し肩の荷が下りたように感じた。

馬車は旧街門をくぐり、石畳の道を進み屋敷前に到着した。

「お帰りなさいませ、カイン様」

屋敷のメイド達が出迎えてくれた。

「ただいま。ランドルフは何処かな？　ルーク父さまへ報告事項があるんだけど」

カインが出迎えてくれたメイドに質問する。

「本日はまだ、執務室かと思います」

メイドが少し考えて回答する。

「ありがとう」と言ってカインは執務室に向かった。バルビッシュがその後に続く。

カインは執務室の扉の前に立ちノックをして「カインです」と少し大きめに言う。中から「どうぞ」とルークの声がしたので扉をバルビッシュが開ける。

「お忙しい所すみません、本日の作業内容の報告に伺いました」

扉が開けられた後、元気よく要件を伝える。

「……ご苦労。もう少しで一息つけるから座って待っていて欲しい」

ルークがまだ書類でいっぱいの机から声が聞こえた。

ランドルフがカインに応接セットの椅子をすすめる。その後、メイドが香茶のセットを持って入ってきた。静かにお茶を用意する。

「ふう、カイン待たせたな。まったくやってもやっても無くならない。おっと、すまん。作業の報告だったな」

応接セットのソファーに座りながらルークが話してくる。

「お疲れの所申し訳ございません。本日下水処理の大空間の作製が終わりましたので、ご報告と思いました。バルビッシュからの助言もあり、一度下水処理の大空間を視察していただけないでしょうか」

カインは時間をくれたルークにお礼を言い、作製終了の報告をした。

「そうか、確か下水道を使い始めると見れなくなるんだったな？　ランドルフ今後の予定を教えてくれ」

ルークがランドルフに予定を確認し、視察の日は三日後になった。

「バルビッシュ、どうした。いつも落ち着いているお前がソワソワしてどうした？」

ルークがカインの後ろに立っているバルビッシュに質問をする。

「はっ、はい」

バルビッシュがカインをチラチラ見ながら、口淀む。

「バルビッシュ、遠慮なくルーク父さまに報告して。僕の事を気にしなくていいから、何でも言って」

カインは振り向き後ろに立っているバルビッシュに言う。

「はい、ありがとうございます。ルーク様、本日の事をご報告します。そして私の感じた事を率直に申し上げます」

バルビッシュは、少しゆっくりした口調で話し始める。

「本日カイン様が行われた内容は、率直に申し上げて戦術級の威力があると思いました。従者として情けないと思いましたが、畏怖すら覚えてしまいました」

バルビッシュが頭を深く下げて報告をする。

それを聞いたルークとランドルフは表情を固めた。

ルークの執務室は重苦しい雰囲気が漂っていた。バルビッシュの報告の後しばらく誰も口を開かない時間が過ぎた。

「戦術級……バルビッシュ。それは確かなのか？」

ルークが絞り出すように呟き、再度バルビッシュに確認をする。

「はい、街壁の作製と本日の大空間の作製を見てもカイン様は、戦術級の威力を出せる魔法士だと考えます」

バルビッシュが俯きながら答える。

――戦術級？　戦術級の威力ってなんだろう？　大規模魔法の事かな？

カインは戦術級という言葉が理解ができずに首を傾げながら考えていた。

「カイン、その様子では意味が理解できていないね。〝戦術級〟とは戦闘で使われる大規模殲滅魔法の事で、戦術級魔法と呼ばれている。大体二〇〇～三〇〇人を対象に行使し戦闘不能にできる規模の魔法を戦術級魔法といい、その魔法を行使できる魔法使いを戦術級魔法士と呼んでいるんだ」

ルークは眉間にしわを寄せながら、ゆっくりと説明をする。

「確かに、日々作製される街壁の規模を考えると膨大な魔力を有するとは思っていたが。壁を作れるだけと考えていた。認識が甘かったな」

ルークは大きく息を吐きながらソファーに身体を預ける。その後少し考えてからバルビッシュに質問をする。

「しかし、バルビッシュ。カインの場合【火魔法】や【風魔法】のように直接対象に行使するような魔法ではないのではないか？」

「はい、ご推察の通りです。カイン様の場合は魔法の運用の仕方で戦術級になると思いました。例えば街壁の倍の高さの石壁を斜めに作製し敵側に倒しての攻撃や敵兵士が突入してくる平野の直下に大空間、大きな落とし穴を作り数を減らすなどです」

バルビッシュがルークの質問に答える。

「やはりそうか。それであればまだ、誤魔化せるかもな……」

ルークが目を瞑りながら考えている。

「よし、カイン。しばらくは作業の時間を三倍くらいかかっているように見せかけるように。カインの事だからゆっくり作業をするなど効率が悪くて行わないと思うからな。カインも貴族になったのだから、この辺の腹芸を練習だと思って実施するように。バルビッシュ、サポートできるな」

「はっ」とバルビッシュがカインが返事をする前に返答をする。

「えっ、はい。できなくはないと思いますが……。承知しました」

カインがしぶしぶと言う感じで返事をする。

「それと、バルビッシュだけの護衛では対応できない場合が出てくると予測するので、ガーディをカインの従者に正式に任命する。そしてガーディの家族含め、屋敷内に部屋を割り当てる事にする。ランドルフ、良いか？」

「御意」

ランドルフがルークに返答する。

「父さま。ガーディを従者にしていただけるのは嬉しいのですが、なぜガーディの家族を屋敷内に住まわせるのですか？」

カインが全く分からないと言う表情で質問をする。

「それは、カイン。カインが優しすぎるからだ。カインが狙われるのであれば、バルビッシュやガーディが守るしカインも戦えるから大丈夫だと思っているが。中には、身内を人質にしてカインを利用しようとする輩も出てくるはずだ。その為の対策だ。カインは家族や大事な仲間の為なら頑張りそうだからな」

ルークが優しい目をしながら答える。

「確かに。ありがとうございます、父さま」

カインはルークに感謝した。

「しかし、いつまでも私が守ってもやれないから、ちゃんと自分や自分の仲間を守れるようになるのと、そうならないように行動に気を付けるようにしなさい」

ルークが少し真剣な表情をしながら言う。

カインは「ありがとうございます、精進します」と答えるのだった。

ルークの執務室から戻りカインはバルビッシュを伴い自室に戻ってきていた。夕食前にさっぱりする為、部屋着に着替える。

――ふぅ～、戦術級の魔法士か……確かにな、この【魔力無制限】を十全に使えれば大量虐殺も可能だね……しかし、ちょっと調子に乗りすぎたなぁ……。

カインが着替えて部屋のソファーに座ると、バルビッシュがいきなり地面に頭が付きそうなくらいに頭を下げ謝罪をしてきた。

「カイン様、先ほど出過ぎた真似を。申し訳ございません」

「えっ？　何を言っているの、バルビッシュ？　僕が発言を許したんだから何も悪くないよ。それに僕の事を思っての進言でしょう？　自分ではそんなにヤバい状態だって気付かなかったから……頭を上げて」

バルビッシュに気にしないように言う。

「それでも……自分はカイン様の奴隷ですし……」

「はぁ？　何を言っているの？　いつまでそのマインドが抜けないの？　言ったよね、バルビッシュは僕の従者であり友人だって。あっ、ごめん。ちょっと興奮しすぎた」

カインは、気づかず大声で叫んでいた様でバルビッシュがドン引きしていた。

「カイン様、ありがとうございます……」

涙を流しながらバルビッシュが言う。

「バルビッシュから見ると、まだまだ僕は足りない部分ばかりだと思うから遠慮なく、進言してね。それが、僕の為であり、バルビッシュの為でもあるから」

カインは「お願いね」と言いながら言う。

「それにしても、ガーディが従者になるのはとても嬉しいのだけど……バルビッシュお金足りる？」

「その辺は、大丈夫だと思います」

「よかったー、凄く心配だったんだよね。従者も二人になったしもっと頑張らないとね。あっ、頑張りすぎもダメだった」

カインは「あはは」と笑いながら言った。

夕食とお風呂の後、カインはベッドの上でステータスボードを見ていた。昼間に急にイメージ力が上がった原因は、何か新しいスキルを習得したのではないかと思って確認した。
「やっぱり、この【空間把握：1】っていうスキルの習得のおかげだね。これは下水道作製の効率がもっと上がるかも。あれ？　新しい呪文が増えている……」

〜〜〜〜〜〜〜〜〜〜〜〜〜〜〜〜〜〜〜〜〜〜〜〜〜〜〜〜〜〜〜〜〜

・レベル5
クリエイトエリア〈イメージした空間（五m×五m×五mの空間など）を地中に作製する〉MP：八〇

〜〜〜〜〜〜〜〜〜〜〜〜〜〜〜〜〜〜〜〜〜〜〜〜〜〜〜〜〜〜〜〜〜

「この呪文と【空間把握】のスキルのおかげで、スムーズに作製ができたんだなぁ」

ステータスボードを見ながら呟く。

「はぁーーー、何やらどんどん能力は高くなってるけど、これを抑えなくっちゃいけないなんて結構ストレスかもなー。でも、そのせいで王都に呼ばれたり、戦場に行かなくちゃいけないのは嫌だし、ここは我慢だな、戦場とか絶対嫌だし！」

カインは自身が王都の兵役や戦場で敵と戦っている姿を思い浮かべ身震いをした。

「ここは、考える時間ができたと思ってゆっくり対応しよう。それに思い付きでやると絶対失敗するしね。スライムだって自然に集まるなんてないと思うしねぇ……あっ、トニーに頼んで従魔にしてもらおうかな？」

ベッドから降りていつもメモ代わりにしている、羊皮紙に記入する。

「あとは、【ワンウェイ】の魔法の魔法陣化を沢山しないとな。下水道の内側から外側へは全て遮断で良いかな。下水道の外側から内側は生物以外は通れる様にして、生きている物は流せないようにしよう」

今の内容もメモをする。

「あっ、これだと生きていない物、死骸とか流せるからヤバいな。どこかのマフィア映画になっちゃうから……生物の遺骸も流せないようにしよう」

カインはそれからも、思い付いたままメモをしていく。気が付くとやらないといけない項目が、沢山列挙されていた。

「ふぅわーあー」

カインは、大きくあくびをしてベッドからのっそりと起き上がる。起きる時間はいつもの時間だが、寝る時間が昨晩かなり遅くなってしまった。理由は、これからやらねばならないリストとやりたいリストを作っていたら、かなり遅い時間になってしまったのだった。

――さすがに、七歳の子供の身体では八時間は寝ないときついな。

のそのそと、着替えをして食堂に向かった。

「おはようございます、リディア母さま」

移動の間に何とか頭をはっきりさせて、すでに食事を始めていたリディアに朝の挨拶をする。

「カイン、夜更かししたでしょ？　目が腫れてるわよ」

隣に座ったカインの顔を覗き込みながら、ほっぺたをぷにぷにしながら聞いてくる。

「リディア母さま、やめしくださない」

カインは、リディアの手から逃れるように顔を動かし逃れようとする。

「昨晩、ちょっとアイディアが湧いてきたのでリスト化していたら、少し寝るのが遅くなってしまったのです」

リディアのぷにぷにから逃れられずに、夜更かしの理由を白状した。

「カインは少し頑張りすぎよ、あまり無理をしているようだったら強制的にまたお休みさせますからね」

リディアが笑顔だがとても怖いオーラを纏いながら警告をする。

「は、はい。無理はしません！」

「よろしい、フフッ、早く食べちゃいなさい」

そう言うとリディアは、カインとの朝食を楽しむのだった。

――はぁー、リディア母さま。めっちゃくちゃ怖かったな。気を付けないと本当に強制休息になるね。

カインが食堂から出て、後ろを気にしながら自分の部屋に戻ると、扉の前にバルビッシュとガーディが待っていた。

「「カイン様、おはようございます」」

バルビッシュとガーディが同時に挨拶をしてくる。

「おはよう、バルビッシュとガーディ。ガーディごめんね、急に僕の従者なんて。庭師の仕事は大丈夫？　畑の作物が心配だよ」

カインがガーディが世話をしている特製農園の作物達を思い出しながら確認する。

「はい、今朝ほど全て引継ぎをしました。また、兵士に戻れるだなんて嬉しくて」

ガーディが少し目をウルウルさせながら言う。

「ガーディ何か間違ってない？　ガーディは従者であって兵士じゃないよ。あくまで僕の従者でボディーガードね。戦争なんてていかないからね」

何か勘違いをしている、ガーディに釘をさす。

ガーディは「えっ？」と言う顔しながらカインとバルビッシュを交互に見る。

「とにかく、中に入ってきちんと話し合おうか。バルビッシュお茶の準備をお願いね」

カインは、扉を開けながらバルビッシュにお茶を入れてもらうようにお願いした。

バルビッシュが、三人分の香茶を用意して、ガーディの隣に座る。普通従者は主人と一緒に座ったりしないが、説明の為だとカインに言われ仕方がなく座る。

「改めて、ガーディありがとう。今日からバルビッシュと同じで僕の従者になってもらいます。お給料は今までと同じか、危険手当もあるから少し上乗せできるように頑張るね」

カインは、ここまで言うと香茶を一口飲む。

「でも、さっき言ったように従者だけどボディーガードのウェイトが大きいから、戦争とか、森とかに出かけて戦闘とかは、しないからね。食材を探しにはいくかもしれないけど」

ガーディがポカーンとしながら、説明を聞いている。

「バルビッシュがガーディを指名したのは、僕が誰かに襲われたりした場合に、僕を抱えて逃げられるようにだからね。間違っても、僕を置いて戦いに行ったりしないように」

カインは昨日のうちになぜ、ガーディを望んだのかをバルビッシュに確認をしていた。なぜならばバルビッシュもガーディと同じ、いや、それ以上に強いからだ。

「なので、よろしく！　あと奥さんに謝っておいてね。急に引っ越しをお願いしちゃって。あれも、奥さんを万が一でも危険から遠ざける為だから」

カインの説明を聞いてガーディが嬉しそうに微笑んでいた。


カインはガーディとバルビッシュを連れて、三人でトニー達の牧場へと向かった。一頭では広すぎる牧場をゆっくりとカウカウブルのハナコが草を食べたり、歩いたりとまったりとストレスなくすごしていた。

「ナナ、トニー、こんにちはー」

カインは、大きな声でこの牧場の管理者である、ナナとトニーに挨拶をする。

「あっ、カイン様。いらっしゃいませ」

ナナがカインの姿を見て駆け寄ってくる。

「おーい、カイン。久しぶりー元気だったか？」

トニーも全速力で走ってくる。

「二人とも元気で良かった。困っている事はない？　何か必要な物とかあったらすぐに、リディア母さまに相談してね。リディア母さまは、毎日バターがないとパンが食べれないほどバターにはまっているからね」

カインは、笑顔で二人に質問する。二人は何も困っていないと返答した。

「今日はどうしたんだ？　遊びに来たのか？」

トニーが何かを期待している感じで聞いてきた。

「うん、遊ぼうか？　何する？」

カインがトニーの期待に応える。

「そうだなぁ、よし。久しぶりにハナコに一緒に乗ろうぜ！」

トニーが親指でハナコを指さす。

カインとトニーは、一時間程ハナコに乗り牧場内を駆け回った。ハナコは最初のうちは二人を落とさないようにゆっくりと歩いていたが、少しずつ速度を上げ走り回った。終いには、落ちるか落ちないかギリギリの所で身体を揺さぶったりして、二人を楽しませた。

「「あー、楽しかったぁー」」

カインとトニーは遊んでくれたハナコにお礼を言って、二人で協力してハナコの汗を拭いたり水桶に水を汲んで与えた。

❖❖❖

「ナナ、トニー今日は、実は二人にお願いがあって来たんだ」

遊んだ後、二人が住んでいる家のリビングでお茶をごちそうになっていた。

「今度は何をすればいいんだ？」

トニーが椅子をガタガタ言わせながら、ワクワクを抑えきれない感じで質問をする。

「トニー！　行儀が悪いわよ。少し大人しくしていなさい」

ナナが落ち着きのない弟を叱る。

「本当にすみません、カイン様。私達は何をするのでしょうか？」

「ナナ達は、魔獣使い（テイマー）だよね？　スライムとかも従魔にできるかな？」

「スライムですか？　それは、可能ですが……スライムを従魔にしても利用価値がなく従魔にする魔獣使いは少ないです」

スライムなんて従魔にしてどうするの？？　という表情をしながらナナが確認をする。

「良かった、可能なんだね。今度このサンローゼの街に下水道を作ろうと思っているんだ。下水道と言うのは雨水や汚水とかを地下の道に流して処理をするんだけど、処理をスライムにしてもらいたいんだ」

カインは可能と分かり安堵した。

「カインは面白い事を考えるね。確かに街の外に汚水を溜める場所を作って、野生のスライムを使って浄化をしていたりするけど……わざわざ何で従魔にするんだ？」

トニーが悩むようなしぐさをしながら、従魔にする必要性を質問する。

「この街全体の下水処理をする場合、沢山のスライムが必要と思うんだけどそのスライム達を纏める存在がいるとスムーズにいくかなって思ってね。それに万が一でもスタンピードとかが起きてもコントロール可能かとも思ってね」

カインは、沢山のスライムが先日作った大空間で飛んだり、跳ねたりしながら下水処理をしている姿を妄想した。

❖❖❖

トニー達に一週間後までにスライムを従魔にしてもらう事をお願いし、カイン達は整備局に移動をした。

新市街の道を石畳化する計画を確認する為だ。

「カイン様、わざわざお越しいただきありがとうございます」

整備局長がカイン達を出迎えた。

「忙しい所すみません。ちょっと新市街の道の石畳化の事について、再度確認したくて」

カインは整備局長に本日の訪問の意図を伝える。

「新市街の道の石畳化ですか？　予定では、明日、明後日での予定だったと思いましたが？」

整備局長が計画表を見ながら答えた。

「それなんだけど、四日に分けて実施したいんだけど大丈夫ですか？」

「四日にですか？　はい、特に問題はありませんが？　理由をお聞かせ願えますか？」

整備局長が質問をする。

「えっと、今進めている下水道建設の準備が必要で、石畳化を少し分けて実施したいと思いまして」

カインが、先ほどバルビッシュ達と決めた言い訳を言う。

「そうですか？　建設のスケジュールには影響しないのでよろしいですが……」

いまいち納得できないと言う表情を浮かべながら整備局長はカインのお願いを了承した。


整備局を辞したあと、カイン達は屋敷に戻って来た。今日はもう屋敷から出ないからと言ってバルビッシュ達とも別れて自室に戻って来た。

「はぁー、今なら新市街の道の石畳化なんて一日で終わるんだけどなぁー。でもしばらく我慢だね、もう少し大きくなったらルーク父さまも制限を外してくれるかな？」

カインは今日の事を思い出し、少し愚痴っぽく独り言を呟く。

「さて、時間ができたから【ワンウェイ】の魔法の魔法陣化を進めるか。どの位作っておけばいいかな？　少なくても五〇〇〇ぐらいは必要だと思うだよね」

先日の夜のメモを見ながら、ブツブツと呟く。

それからカインは、【ワンウェイ】の魔法の仕様を考察する。

「うーん、下水道からの臭いやスライム達を外に出さない為には、下水道から外には光しか出さないようにする。光だけを出せるようにすれば、外から中を見ようとした時は中が見れるね。そして、下水道の外から中へは、生物と生物の遺骸は流せないようにする。これであれば、間違っても下水道を犯罪に使えないかな？」

カインは、アイディアをメモ用の羊皮紙に書きながら整理をしていく。それから、アイディアを纏めて提案書を作成する。一人で考えていても、抜け漏れなどがあると大変な事に今回はなるのでルークやランドルフにチェックをしてもらう為だ。

――ふー、終わった。前世ではこの手の提案書を何回も作ったっけ。いつも課長にダメ出しされてたけど……少しは役に立ってるかな。

出来上がった提案書をもう一度見直しながら、苦い思い出を思い出した。

カインの部屋の扉の外からノックと共に声がかかった。

「カイン様、夕食のご準備が整いました」

「はーい、今行きます」

カインは返事をし、ルークに渡すために提案書を持って食堂に向かった。

食堂にはまだ、ルークもリディアも来ていなくカインが一番だった。不思議に思いメイドの一人に確認すると、夕食前の面会が長引いているらしい。

「今日の晩御飯は何かなぁー？」

カインがすいたお腹をさすりながら、待っているとルーク達が入ってきた。

「まったく、何をしたらあのような事になるのか。あれだけ時間をかけて検討したのに……」

ルークが珍しくブツブツ文句を言いながら、食堂に入ってきた。そして、カインを見つけて一瞬止まり、

「あっ、すまん。せっかくの夕食なのに、カインすまん忘れてくれ」

ルークはそう言いながら、席に着いた。ルークが席に着くとメイド達が食事を運んでくる。今夜の夕食は、ハンバーグに目玉焼きが乗っていた。ルーク、リディア、カインは美味しいハンバーグを楽しみ一日の疲れを癒すのだった。

新市街の本通りの石畳化を四日に延ばしたカインだったが、結構忙しかった。なぜならば、現在の道の下に下水道を作製する目標の為に魔石を埋める作業が結構手間だったからだ。

「普通の石畳だったら力で引き抜けばはがれるのに、ちょっと魔力を込めすぎたかな?」

カインは石畳路の中央の石を一度【魔法】で土に戻し、魔石を埋め再度【ストーン】で石に再変化した。

「これで、終わりっと。旧市街の道に一定間隔で魔石を埋め込む作業を並行で行うのは無理があったかな?」

振り向いてバルビッシュとガーディに確認する。

「はい、少し働きすぎかと思います」

バルビッシュがやれやれと言う感じで、首を振りながら答える。

「本当に、びっくりするくらい働きすぎですよ、カイン様」

カインの作業中、通行を止めていたガーディはバルビッシュに同調する。

「これ以上無理をされるなら、リディア様にご報告します」

バルビッシュとガーディの声がハモる。

「はい、分かりました！　これ以上無理はしません」

カインは姿勢を正して、宣言をした。

旧市街の道への魔石埋め込みが終了し、心配する従者二人の言う事を聞いて二日程作業を中止した。本を読んだりしてゆっくり過ごしたカインは身も心もリフレッシュした。

「さあ、今日からしばらくは地下での作業だけど張り切って頑張ろう！」

屋敷の裏庭に作った浴場の近くにカイン達は集合していた。

カインは次に地面に手を突いて【ホール】と呪文を唱えて地下へ続く道を作る。作製した道をそこまで降りると石畳路の方角の壁に再度手を突く。

――ここからが、本番だ。昨夜イメージした通りに下水道を一気に作ってしまおう！

カインはゆっくりと【魔力】の循環を始める、そして次々と【魔力】の量を増やしていき循環をさせていく。【魔力】が十分練れると昨夜のイメージを再展開する。

「よし、いくよー！　【クリエイトホール】」

カインが呪文を唱えるとイメージした通りに地下道が作製されていく。その後ろで見ていた二人が、深いため息と頭を抱えているのが気配で分かった。

「カイン様……この地下道？　いえ、下水道はどこまでできたのですか？」

絞り出すようにバルビッシュがカインに質問した。

「えっとね、旧市街の街門までかな？　でも、まだ完成じゃないよ。本通りの下の部分しかできてないし、少し休憩して【アースプレス】を掛けないとね」

カインが息をするように簡単な事のように返答する。

「カイン様は少し自重する事を覚えないといけませんね。先日大空間をご視察されたルーク様が言われていた事を思い出していただきたいです」

バルビッシュがカインを諭すように言う。

「そんなに気にしなくても。誰もこの空間が一瞬でできたなんて、二人が話さなければ信じないって。酒場で火酒を飲まないで、水を飲むドワーフがいるなんてだれも信じないでしょ？」

カインは奇妙なたとえを使ったが、バルビッシュはため息をついただけだった。

「バルビッシュ、ありのままのカイン様を受け入れた方が気持ちがいいぞ」

ガーディはそう言うと白い歯を見せて笑った。


その後、一週間を掛けてカインは旧市街の下水道を完成させた。ちなみに完成した旧市街部の下水道を視察したルークとランドルフはしばらく頭を抱えていた。一方リディアは「カイン、すごいわ」と連呼しながら下水道を見て回った。

それから数日後、カイン達は新市街の下水道を作製し始める。当初は一気に作製する予定だったが、事前の【アーススキャン】で新市街の下水道作製上に何かの鉱石がある事が分かったのだ。

「さて、この五〇m先に何かの鉱石があるみたいなんだけど……僕の【アーススキャン】じゃなんだか分からないんだよね。魔力を感じるから普通の鉱石ではないと思うんだけど」

カインが壁に手を当てながら、静かに話す。

「本当に次から次へと休まる時間がありませんよ、カイン様」

バルビッシュが疲れをにじませながら呟く。

「えーっ、僕のせいじゃないよ。ここに最初から埋まっていたんだし。その内誰かが見つけたって」

カインは濡れ衣だと言わんばかりに反論する。

十分後、カインが掘った通路の先には、ゆうに一m以上の塊の隕鉄が埋まっていた。隕鉄だと分かったカインは飛び上がって喜んだが、バルビッシュとガーディは地面に手を突いてうなだれていた。


掘り出した隕鉄を、バルビッシュとガーディが無言で下水を通って運ぶ。下水道に男二人の息使いだけが響く。何とか屋敷の裏に作った下水道の入口まで運び出した。

「それでは、ランドルフ様を呼んできますのでカイン様はこちらでお待ちください」

バルビッシュが服に付いた埃をはたき屋敷に向かっていく。

「ねぇ、ガーディ？　この隕鉄の塊については、僕関係ないよね？」

二人の態度を見ていて少し恐怖を感じたカインは、ガーディを覗き込むように質問する。

「確かに今回は何もされていませんが、あの大きさの隕鉄をどのように見つけたと説明されるのですか？」

　ガーディがいつもより冷たい雰囲気を、漂わせながら確認をする。

「た、確かに下水道を掘っていたら見つけました！　なんて、簡単には言えないよね……」

「その通りです。新市街の道の石畳化を四日間で作っただけでも凄い事なのに、さらに下水道を作製してたら隕鉄見つけましたなんて、何処にも報告できません」

　ガーディがいつもは見せない厳しい表情で返答する。

　そんなやり取りを二人で行っていると、ランドルフだけではなくルークも屋敷から出てきた。二人はゆっくりと隕鉄に近づき触ったり、叩いたりして確かめる。最終的にはバルビッシュに「これは本当に隕鉄か？」なんて聞いていた。

「カイン、この隕鉄だがいくら――」

　ルークがカインの方を振り向き、質問をし始めるとカインはかぶせるように、

「はい、こちらはサンローゼ領でたまたま見つけた石なので全てサンローゼ領の物です。ルーク父さまが如何ようにもご自由にしてください」

　カインは慌てて、隕鉄の権利を全部渡すと言う。

「カイン。親としては息子が素直に育っていて、とても嬉しく思う。しかしカインはすでに貴族だ。ここは、借りとさせてもらうぞ」

　ルークはしゃがみ、カインと目線を合わせ指摘した。

「ランドルフ、例の埋め合わせにこれを利用させてもらう。鍛冶屋ギルドにすぐに連絡だ」

ルークはすっくと立ってランドルフに指示を出す。

「御意」と一言述べてランドルフは風のように消えていった。

「さぁて、バルビッシュ、ガーディ続きの作業をするよ」

カインはスッキリとした笑顔で下水道に続く階段を下りていく。二人は今回も深いため息を一つして後を付いていく。

「カイン様、ここは地上ではどのへんなのでしょうか？」

ガーディが隕鉄を掘り当てた場所にきて、天井を見上げて質問をする。

「ちょっと待ってね。【アーススキャン】……うーんこの魔石の反応だと旧街門と新街門の間位かな？どうしてガーディ？」

カインもまねをして天井を見上げる。

「いえ、埋まっていた場所が新市街建設予定地であれば、その内誰かが発見したのかと思いまして」

「うーん、それは無理じゃない？　ここ結構深いし、そもそも本通りの下だから誰も掘らないと思うよ」

カインが首を傾げながら答える。

「やっぱり。それではカイン様はサンローゼの街に、隕鉄と言うプレゼントを掘り当てたんですから凄いじゃないですか！」

ガーディが少し大げさにカインを持ち上げる。

「ありがとう、ガーディ。大丈夫、僕は気にしていないから」

ガーディの優しさに、感謝を言った。

「さて、元気になった所で大空間まで一気に作っちゃうね。……【クリエイトホール】」

カインの目の前に大空間まで続く下水道が出来上がった。


旧市街と新市街に下水道を作り終えたカインは、全体に【アースプレス】の処理を行った。しかし、処理した下水を河に流す通路は、まだ作らずに戻ることにした。なぜなら【ワンウェイ】の魔法の刻印の仕様が決まっていない為、入口以外の出口を作るのは予測していない侵入者を招き入れる事になるからだ。

「カイン様。この下水道の運用が始まったら、立ち入る事はできなくなるのですよね」

地下迷宮さながらの下水道を見てバルビッシュが呟く。

「そうだね、下水道を使い始めたらここはスライムの王国になるね」

カインが下水道に運用を説明する。

「必要だとは思うのですが、自分もこの地下空間を下水を流すだけに使うのは勿体なく感じます」

ガーディが下水道のツルツルした壁を触りながら言う。

カインが二人の意見を聞いて不思議そうな表情をしていると。バルビッシュが再び口を開く。

「こんなに素晴らしい建造物を地下に作れるなら、多くの人が安全に暮らす事ができます。地下ならモンスターの脅威もなく自由に走り回る事ができます」

バルビッシュは何かを思い出したかのように、言葉を区切りながら理由を言う。

「そうですね、高い壁を作り狭い土地に住むために高い税金を用意しなくても良くなります」

ガーディもバルビッシュの意見に賛同した。

「うーん、でも人族は太陽の光を浴びないと病気になっちゃうから、ずっとは地下にいられないから
……でも、夜だけとか限定すればありかもね」

カインも地下の可能性を考え始める。

「まあ、今日の所は地上に戻らない？　ここには、美味しいご飯もないしさ」

「そうですね」とバルビッシュが応え、三人は地上への道を進み始めた。

次の日、カインは【ワンウェイ】の魔法の制限事項を相談する為に、ルークの執務室を訪れていた。

執務室には、疲労を浮かべたルークとランドルフが待っていた。

「カイン。提案書は読ませてもらった、基本的には問題がないと思うがいくつか確認をしたい」

ルークがカインの提案書をテーブルに戻しながら質問を始める。

「下水道の役割は、雨水、生活用水、排泄物などを集める。そして、スライムを利用し下水を川に流せるようになるまでにきれいに処理するで、あってるか？」

「はい、その認識で正しいです」

ルークの質問にカインが答える。

「下水道に下水以外を流せないように、下水道の入口に【ワンウェイ】の魔法を設置し流せる物を限定する。正しいか？」

「はい、そちらも正しいです」

ルークに質問に同意した。

「それでカインの相談は、下水道を犯罪の証拠などを隠すために使われない様に結界を張るイメージで良いかな？　下水道の内側から外側への条件は良い。外側から内側への条件にできる数はどの位なんだ？」

「えーっと、三つか四つまでかと。それ以上もできるかもしれませんが、多くを設定すると【ワンウェイ】の魔法の意味がなくなるかと」

「そうか、ランドルフ。カインが流せない物の条件として選んだ『生物』、『生物の遺骸』だが、どう思う？」

ルークがカインが選んだ条件について確認をする。

「はい、『生物』の条件で人族を始め魔物も下水道への侵入を防げます。『生物の遺骸』の条件で殺害された証拠の隠蔽を防げます。追加するとしたら『金属』でしょうか？　犯罪に使用した武器などを隠すことを防げます」

ランドルフが目を瞑り考えて、提案した。

「ふむ、その条件だと食べ残した肉や骨までも流せなくなるが……」

ルークが設定条件から流せない物について呟く。

「父さま、下水道はゴミ捨て場ではないので問題ないと思いますが。スライムを使用して処理をするので、ゴミの処理も可能だと思いますが下水道をそのように使いたくないですね」

カインが苦い顔をしながら返答した。

ルークは、ランドルフやカインとの協議の結果【ワンウェイ】の魔法のフィルター条件を『生物』、『生物の遺骸』そして『金属』を通さない事とした。そして、カインが一週間程で魔法陣を大量に作り、トイレや排水管を下水道に接続する計画を立てた。

「ふー、やっとこれで魔法陣の複製に取り掛かれる。あとは、トニー達がうまくスライムを従魔にできていればほぼ完成かな」

カインは自室のメモを確認しながら少し大きな独り言を呟く。

「【ワンウェイ】の魔法の魔法陣は、一度で外側から内側と、内側から外側の【ワンウェイ】の魔法を設定できるように作成しよう」

本来はもう寝る時間だったが、作成したい魔法陣のアイディアがどんどん湧いてきていて目が覚めてしまった。

それからカインは、複数のパターンの魔法陣を続ける。ふと気付くと外が明るくなっていた。

「あー、久々に徹夜しちゃったよ。う～ん、このまま食堂に行ったらまずいよな……起こしに来てくれるまで少し眠ろう」

カインはベッドにもそもそと潜り込み眠りについた。

「カイン様、カイン様。そろそろ起きて頂けませんでしょうか？」

メイドが優しく声をかけて起こす。

「うーん、あれ寝すぎちゃったかな？」

「もうすぐ、お昼ご飯のお時間ですよ。だいぶお疲れのご様子でしたので、そのまま休ませておくようにと奥様からのご指示でした」

「ありがとう。良く寝たから疲れが取れたよ」

カインは、ニッコリと微笑みお礼をする。

「さ、カイン様。リディア様が食堂でお待ちです、お着替え後お越しください」

「えっ？」

カインは暑くもないのに、汗が一筋頬を流れた。

着替えを終えた後、カインは足早に食堂に向かった。扉の前で再度服装を整え、扉をノックし「カインです、入ります」と言って食堂に入った。

食堂には、リディアがいつもの席で香茶を飲んでいた。

「あら、カインおはよう。よく眠れたかしら？」

「は、はい、リディア母さまのおかげで、ぐ、ぐっすり眠れました」

カインは返答をしながら、自分の声が震えているのに気付いた。

「それは重畳ね。それではなぜ、徹夜をしたのか教えてもらえるか・し・ら?」

リディアはとても良い笑顔でカインの顔を覗き込む。

「ごめんなさい。リディア母さま」

カインはその場で、地面に付くかのように頭を下げる。

「ふふふっ、大丈夫よ。私は怒っていないわ。でも私はカインを信用しているから、二度と無理はしないと約束してくれるはずだって。そうでしょう?」

リディアの声が身体の隅々まで響くようにカインは感じていた。

「は、はい。今後は二度と……」

頭を一㎜も上げず、カインは返答する。

「嬉しいわ、カイン。でも、カインは忘れっぽいから、ちょっとしたお仕置きが必要だと思うの。だから、今夜は一緒にお風呂に入りましょうね」

「えっ? それは……」

「返事は、カ・イ・ン?」

「はい、リディア母さま!」

その夜、カインはリディアと一緒にお風呂に入った。カインは、顔を真っ赤にしながら浴場から上がった。カインとすれ違った使用人達は口々に、「大丈夫ですか?」と聞いたほどだった。カインは、

「お湯が少し熱すぎたんだ」と言ってそそくさと部屋に戻ったのだった。

それ以降、カインは成人まで二度と徹夜はしなかった。

色々あったあの日から、数日後。カイン達は、サンローゼ領街から数キロ離れた場所に来ていた。今日はとても良く晴れて、陽射しが暖かく時折吹く風がとても気持ちいい。カインの目の前にはゆっくり流れる川が広がっていた。

今立っている場所は、小高い丘のような場所で何故かとても、懐かしい風景だなと思いながらカインは風景を眺めていた。

バルビッシュが目の前に広がる川を見つめているカインに声を掛ける。

「カイン様、カイン様？　大丈夫ですか？」

「あ、ごめん。ちょっと考え事をしていたよ」

バルビッシュに呼ばれ、振り向く。

カイン達は、下水道の出口を作る場所に来ていた。サンローゼ領街はここよりも少し高い場所にある為、大空間で処理した下水をここまで持って来て川に戻す計画だ。【ワンウェイ】の魔法で逆流を防ぐが、排水口の高さよりも川の水が増水などしたら、排水ができなくなる事を考え水面よりも高い場所に排水口を作製するのだ。

「カイン様、魔石の設置終わりました。街からここまで結構距離がありますが大丈夫ですか？」

ガーディが目印用の魔石設置を終えて、カインの所へ戻って来た。

「数回に分ければ、大丈夫じゃない？　さっき【アーススキャン】で確認したけど、ここまでの間に障害になるような鉱石とかも無かったしね」

先日の隕鉄騒ぎを思い出し、苦笑しながらカインが答える。

「さて、そろそろ戻りませんとトニーとの待ち合わせに遅れてしまいます」

バルビッシュが移動を促す。

カイン達がサンローゼ領都の新市街門まで戻るとすでに、トニー達が門の外で待っていた。

「カイン遅いよ。ハナコが待ちくたびれて、門前の草を全部食べちゃったぞ」

トニーが門の横の広場を親指で指す。

確かに、今朝出発する時は結構な量の雑草が生い茂っていたが、芝刈りをしたようにきれいに切りそろえられていた。

「ハナコ、ありがとう。草刈りのお駄賃が貰えるように後で整備局長に言っておくね」

カインはハナコに近づき頭を撫でた。

「さて、トニー。従魔にしたスライムを紹介してもらいたいんだけど？」

「ＯＫ、あっちの森の中に待機させているから移動しよう」

トニーが街門から少し離れた森を指さした。

トニーに先導され、森と草原の境近くに移動する。もう数メートルで森に入る所でトニーが止まり口笛を吹いた。しばらくは何も起きなかったが、森の下草がカサカサと揺れたと思ったらスライム達が一〇数匹現れた。

現れたスライムは、多少、色の濃淡があるが概ね青や緑色だった。

「すごいな、トニー。こんなに多くのスライムを従魔契約できるなんて！」

カインが素直に感心し褒める。

「そんなに、褒められると照れるなぁ～」

顔が少し赤くなったトニーが照れ隠しをする。

「最初は、数匹だったんだけどね。従魔にした後、ゴミとかを持って来て食べさせていたら分裂して増えたんだ」

「凄いよ、トニー。僕がお願いしようとしてた事をすでにやっててくれてたなんて！」

トニーと手をぶんぶん振りながら、カインは感謝を言う。

「で、カイン。こいつらは何処で下水処理？　だったけか？　やるんだ？」

「そうだね、稼働開始前にトニーには見てもらった方がいいね。これからトニーの従魔達が働く所だし」

そう言って、カインが地面に手を突こうとする。

「カイン様！　お待ちください。まさか、ここに入口を作ろうとしていませんよね？」

バルビッシュが慌てて止める。

「そうだけど？　どうしたの？」

慌てているバルビッシュを見て、不思議顔のカインは魔法の行使を止めた。

「ここでは、門から丸見えです。もし、入口を作られるならもう少し森に入った場所でお願いします」

バルビッシュが返答しその横でガーディも頭をぶんぶんと振ってうなずいていた。


カインは森の外からは見えない場所に移動し、大空間まで続く道を掘った。その様子を見てトニーが大きく口を開けて吃驚していた。作製した入口から、バルビッシュを先頭に歩いていく。

「おおおっ、すっげぇー」

大空間を一目見てトニーが、大空間に響き渡るほどの大声を出す。

「トニー、ちょっとうるさいよ」

カインは、両耳を両手で塞ぎながらトニーに文句を言った。

森から掘った入口は、大空間の中腹ぐらいにつなげた。そのため、下に降りれるように追加でスロープを作った。このスロープは、今後森から入ってくるスライムが使うようになる。

「でもさ、カイン？　こんなに大きな場所が必要ってことは、かなりの数のスライムが必要じゃないの？」

大空間の下に降りて方々を見て回っていたトニーが言う。

「やっぱり、そう思うよね。少なくても一〇〇匹以上は必要かな？　ねぇ、トニー。スライムってどの位で増えるの？」

「えー、そんなの分からないよ。最初従魔契約したのは、五匹で森で生活させてたら一五匹に増えてただけだし」

「最初は、五匹で今は一五匹だから……五日で三倍、一〇日で四五匹、一五日で一三五匹。何とかなるかな？」

カインがぶつぶつと、スライムの分裂を計算していると、

「カイン様、そう簡単にはいかないと思いますが。まずスライムが分離する為の条件が不明です。食べ物だけあっても増えるとは、限りませんよ」

バルビッシュがトニーのスライム達を眺めながら言う。

「バルビッシュ、そこをフォローするのが俺達従者の仕事だろ。それに、本格稼働まではまだ時間があるんだから、色々試してみよう。なっ⁉」

ガーディがスライムの一匹をつつきながら、バルビッシュに提案する。

「それは、そうだが……　トニー、スライムは何を食べるんだ？」

バルビッシュが観念したのか、前向きにスライムを増やす事を考え始める。

「うーん、基本雑食だから何でもかな？　草や石でも大丈夫だけど。魔物の肉とかには、魔力が含まれているから増殖しやすいかもね？」

トニーが面白い事を言い出す。

「よし、今は何でも試してみよう！　バルビッシュ、ガーディ、冒険者ギルドに依頼してゴブリンの討伐依頼を出してくれる？」

カインが二人に冒険者ギルドに行くように言った。

「カイン様。ゴブリンぐらいなら自分でも狩れるので、わざわざ依頼を出さなくても大丈夫ですよ。それに下水道が稼働する前に情報が洩れる方が心配です」

バルビッシュが、冒険者ギルドを使う事に難色を示した。

「そうだよ、俺だってゴブリンくらいなら倒せるぜ。それにスライム達を使って戦えばスライム達のレベルアップにもなるし」

トニーが何故かバルビッシュの案にノリノリだった。

「カイン様？」「カイン様」「カイン？」

三人がカインに詰め寄る。

「分かったよ。安全第一でゴブリンを狩りに行こう」

カインがしぶしぶ了承する。『全く、なんでそう戦いたがるんだ』と心の中で文句を言った。

次の日、カイン、バルビッシュ、ガーディ、トニー＆スライム達で森にゴブリン狩りに来ている。

新市街側の森にもゴブリンがいる場合があるが、やはり短時間で狩りをする為に大深森林に来ていた。

ここに来るとこの前のスタンピードを思い出すので、いつも以上に周りを気にしてしまうカインだった。なのでちょっとでも物音がするとビクッとなり、魔法をぶっ放しそうになる。

「カイン様、もう少し力を抜いてください。近くに魔物がいれば私の【気配察知】で検知できますから」

ビクついているカインを見てバルビッシュが言う。

「いやね、バルビッシュの事はもちろん信頼しているんだけどね。どうも過敏になっているみたい」

カインがちょっと恥ずかしそうに言う。

「いい事です、油断をしない気持ちを持つ事は大事です」

ガーディがフォローをする。

しばらく大深森林を進むと、ガーディが立ち止まった。カイン達に緊張が走る。

「右側前方より、ゴブリンが三匹近づいてきます。距離は……五〇m位です、こちらが風下なのでゴブリン達は気づいていません」

ガーディがゴブリン達を見つけた。

「カイン様、行けますか?」

ガーディがカインに確認をする。

「う、うん。大丈夫、魔力の循環はできているからいつでも」

カインが少し詰まりながら返答する。

「それでは、目視できる距離になりましたらゴブリンに向かって魔法をお願いします。魔法が命中したら、私が左、ガーディが右を近接して倒します。残った一匹は、トニーいけるか？」

バルビッシュが作戦を伝える。

「了解」、「分かった」、「もちろん」

カイン、ガーディ、トニーが返答した。

それから、下草をガサガサさせながら三匹のゴブリンがカイン達の目視できる距離まで近づいてきた。ゴブリン達との距離が段々近づく、二〇m位の距離になった所でバルビッシュがカインに合図を送る。

「ふぅ、よし【ストーンキャノン】」

カインが魔法を放つ。ボーリング玉のような石の塊が一直線にゴブリン達に放たれ、石の塊がゴブリンに命中するとゴブリンの身体が爆ぜた。

魔法が命中した後、しばらく沈黙があり、

「カイン様、少しやりすぎです。ゴブリンが粉々になってしまいました」

バルビッシュが小さく指摘する。

その横で「カイン！　すげー、すげー」とトニーが騒いでいた。

ゴブリン達は、三匹とも上半身が粉々になって息絶えていた。カインはちょっと魔力を込めすぎたかと反省はしたものの、落ち着きを取り戻す事ができた。スタンピードの時のようなパニックにはなっていなかった。

粉々になったゴブリン達は、スライム達がどんどん吸収していく。二〇分もすればきれいになっていた。

「スライム達は凄いね。こんなに早く吸収できるなんてびっくりだよ」

カインがスライム達を見ながら呟く。

「カイン、心配しなくても大丈夫。毎日こんなに吸収する必要もないから、二週間くらい何も吸収できなくてもスライム達は大丈夫なんだ。じゃないと森が無くなっちゃうだろ？」

トニーが、カインの心配を先回りして答える。

大深森林にゴブリン討伐に行った次の日から、カインは設置する【ワンウェイの魔法陣】の作成のピッチを上げた。【ワンウェイの魔法陣】の作動実験はすでに終わっており、設定どおり外側から内側へは、「生物」と「生物の遺骸」と「金属」は流せない。内側から外側は何も通さないようにできた。ちなみに「生物」の設定を「〇・一ミリ以上の大きな生物」にした。

なぜなら、何となく細菌とかも生物になるのでは？　と思ったからだ。だが、ルーク達にはわざわざ説明をしていない。細菌の存在と説明がカインの前世の話抜きでするのは、かなり難しいと考えた為だ。

あれから、一週間が経った。その間カインはずっと【ワンウェイの魔法陣】を作り続け、旧市街に設置分の二倍の数を作り終えた。本来ならそんなに、作成する必要はないのだが新市街の建設がかなり急ピッチで進んでいて、シールズ辺境伯領から戻ってからの設置では、間に合わないかもと思ったためだ。

「しかし、途中で【魔法陣転写】が複数一度にできる事に気付かなかったらやばかったな。いくら単純作業でもここまでの数を用意はできなかったね」

カインは、ルークから保管場所として借りた部屋いっぱいの魔法陣を見て呟いた。

「それにしても、ゴブリンを与え続けたスライム達が予想の倍の数に分離するとは思わなかった。三〇〇近いスライムは、さすがにちょっと引いたね」

二日前の事を思い出して、カインは反省していた。

「まあ、そのおかげで今日から運用開始に踏み切れたからいいけど。でも働きすぎだよね……」

スライムが増殖してしまったので、急ぎ下水道に移動させたが今度はスライムの食糧問題が持ち上がった。その為、スライムには三日だけ我慢してもらって排出路の作製、そして領主の館から試験運用を今日から開始する事を決めた。

「危なく徹夜しそうだったよ。昨日は四時間寝たから徹夜じゃないよね？　うん、大丈夫！　念のため自分に【ヒール】。これで大丈夫」

カインは誰に向かって言っているのか、「大丈夫」を連呼した。

「カイン様、そろそろ始めたいと思います。準備はよろしいでしょうか？」

扉の外からカインを呼ぶメイドの声が聞こえた。

「はーい、今行きます」

農作業用の服に着替えたカインは、帽子をかぶり部屋を出た。

浴場のある裏庭には、バルビッシュ、ガーディを始め、館のメイド達が集まっていた。まず手始めに、浴場の排水口を下水道に接続する事にしたからだ。理由は浴場が、サンローゼ領都の一番奥にあり毎日沢山のお風呂の残り湯を流すので、この水を利用して館の汚水を流そうと考えたからだ。

ちなみに、館のトイレはこのタイミングで汲み取り式から、簡易水洗に変わった。水洗と言っても汲んである水をトイレを使用した後に流すだけだが。

「じゃあ、ここの排水口と下水を繋げるね。【クリエイトホール】」

カインが呪文を唱えると地面に直径二〇cm位の穴が開いた。

「ちゃんとつながったよね？　【アーススキャン】……うん、大丈夫」

「カイン様、ちゃんとつながったのでしょうか？」

バルビッシュが心配そうに聞いてくる。

「バルビッシュは僕の言う事が信じられないの？　まあ、確認は必要だよね。まだあそこに作った入口を塞いでないから見てみる？」

カインは、一番最初に作った下水道への入口がある場所を指さした。その後、メイド達も含め下水道におり、浴場の排水口を作製した場所あたりに穴が繋がっているのを確認した。

もちろん、その後も上からボールを落として繋がっている事と【ワンウェイ】の魔法をかけて生物が流せない事と、内側から外側に穴を伝って何も通れない事を確認した。

「さあ、今日中に館の排水口作りを終わらせよう！　みんな、掃除よろしくね！」

「「「はい」」」

メイド達の元気な声が揃った。この日からサンローゼ家の屋敷からトイレの汲み取り作業がなくなった。メイド達からは、とても感謝された。追加でカインは【クリエイトクレイ】で屋敷中のトイレを洋式のトイレに変えた。

ちなみに、水洗トイレになって一番喜んでいたのはリディアだった。

下水道を試験運用開始してからもカイン達は、忙しかった。街にある既存のトイレなどを順次下水道につなげていくのだが、繋げても繋げても終わりが見えないぐらいの量があった。まあ、人口約五千人の街なので五人に一つトイレがあったとしても、千個。それに、街中の道の排水口や食堂などの排水などなど……兎に角大変だった。

「はぁー、もう無理ーー。毎日毎日、穴を掘って、魔法陣設置して、穴を掘って、魔法陣設置して……疲れたよー。もう帰りたいよー」

カインが珍しく作業に対しての愚痴をこぼしていた。

「カイン様、愚痴をこぼされるのもいたしかたありませんが。あまり長く、湯に浸かっていると余計疲労がたまりませんか？」

バルビッシュが、洗い場で身体を洗いながら指摘する。

カイン達は、本日の作業を終了し館に戻りそのまま一番風呂に入っていた。まだ、夕食前と早い時間なので入浴しているのは、カインとバルビッシュとガーディの三人だけだった。

「分かってるって。でも僕はまだ、七歳の子供なんだよ。少し位、愚痴をこぼしたっていいじゃない？　お酒だってまだ飲めないんだから」

カインはそう呟くと、ぶくぶくと息を吐きながら湯に潜る。

「確かに、いつも一緒にいると忘れがちですが、カイン様はまだ七歳でしたね。それを考えるとカイン様以外の土魔法使いを雇用した方が良いですね」

ガーディが湯船に入りながら、カインの愚痴に答える。

「土魔法使いの雇用は必要だとは思うが……カイン様と同じ事ができる土魔法使いなど普通はいないぞ」

バルビッシュもお湯で身体を流し、湯船に入ってきた。

「はぁー、旧市街は何とかやりきるけど、新市街は僕以外の土魔法使いを見つけたいよね。うーん、お祖父さまに、相談してみよう」

何とか復活したカインは、ざばぁーと立ち上がる。

お風呂からカイン達が上がると、ランドルフがカイン達を待っていた。

「カイン様、お疲れの所申し訳ございませんが、ルーク様がお呼びでございます」

「えっ、ルーク父さまが？　何だろう？　ソロバンの今月分の作製は終わってるし……」

「うーん」と考えながらカインはランドルフに先導され執務室に向かった。

「失礼します、カインです。お呼びとお伺いしました」

執務室の扉をノックして入室の許可を待つ。

「カインか、良いぞ。入ってくれ」

扉越しにルークの入室を許可する声が聞こえた。

執務室の重い扉を開けると、いつも通り執務机の上に大量の書類を載せ作業をしているルークがカインを待っていた。

――あれ？　何やら二、三日前よりお疲れのご様子だね？

「お呼びと伺いましたが？」

カインは、少しやつれた感のあるルークに呼び出しの理由を尋ねる。

「カイン。忙しい所すまんが、頼みがある。屋敷の中にトイレの便座を作っただろう。出入りの商人達からあれを売って欲しいと頼まれた」

「えっっ⁉　あんなものが何故？」

「ふむ、何でも今迄のトイレより格段に使いやすかったのが理由らしい。まあ、あのリディアも喜んでいたから致し方ない気もするが」

ルークは屋敷の洋式トイレの使用感を思い出しながら話す。

「そうですか。良いですよ、期日と数量を教えてください。ここ最近、同じ作業ばかりだったので気分転換になります」

カインは少し考えるようなそぶりを見せた後、洋式トイレ作りを快諾した。

「すまんな、期日と数量はランドルフに確認をして欲しい」

ランドルフは、「はい」と返事をして早速バルビッシュと話を始めた。

「ルーク父さま、お疲れのご様子ですが大丈夫ですか？」

「うーん、すまんな。ここ最近仕事が倍増してな。だがもう少しだから何とか乗り切れると思っている。それに、新市街の移動や建設が本格化したらもっと忙しくなるから、それに比べるとまだまだだと思うが」

「あまり、根本的な解決にはなりませんが。少しでも楽になっていただきたいので【ヒール】」

カインがルークに近づき体力を回復させる。

「おおっ、カイン。ありがとう」

【ヒール】が効いたのか心なしかルークが元気になる。

「ルーク父さま、どうか、どうかご自愛ください」

カインはルークにそう伝えると執務室を後にした。

ルークより洋式トイレの作製を頼まれ次の日に、カインは作業を開始した。屋敷中を洋式トイレ化していたので、イメージが固まっており短時間で終わった。ふと裏庭を見るとカインが作った洋式トイレが整列していた。

「ねぇ、バルビッシュ？　トイレこんなに必要なの？」

カインは奇麗に並んだ一二〇個の洋式トイレを指さしながら尋ねる。

「はい、ランドルフ様からの発注は一二〇個で間違いありません」

バルビッシュは自作のメモ用紙を見ながら答える。

「でも、どう考えても作りすぎだし、ここに置いておくと邪魔だよ？」

「大丈夫です。本日の午後には、購入希望の商会の人間が取りに来る予定です」

「それなら、良いけどさ」

――一個いくらで販売するか分からないけど、シールズ辺境伯領に行く前のお小遣い稼ぎと考えればいいか。

カインは難しい事は、置いておくことにした。

バルビッシュからの報告通り午後になると、数十人の男達が屋敷の裏庭から整列している洋式トイレを運び出し始めた。ちょっとくらい落としても壊れないけど、白くて一見脆そうな洋式トイレを筋肉質の男達が大事そうに抱えているのは、かなり見ていてシュールだった。

「はー、そろそろお祖父様へのお土産を考えないとな……どんな物がいいかな？」

来週には下水道工事が終わる為、シールズ辺境伯領へは一〇日後の出発になった。

当初はリディアも一緒に行く予定だったが、新市街の建設が予想以上に早く進んでいる為、ルークの仕事が増えていてリディアがいなくなると、毎日徹夜しても終わらないと泣きつかれたそうだ。

「昨日のルーク父さまの様子を見ていると、過労死しちゃいそうだしね。リディア母さまは、残った方がいいよね」

カインは昨日のルークの姿を思い出しながら、一人部屋で呟いた。

「今回の移動は馬車の移動だろうし、多少は大きな物も運べるよね。でも、食べ物はさすがに移動日数があるから、日持ちする食べ物を直ぐには思いつけないよね？」

カインは、部屋の中をウロウロしながら何か良いお土産がないか考えた。しかし、一向に思いつかなかった。

「なんか、お腹すいちゃったな。何か食べ物を貰いに行こう」

部屋を出て食堂を通り抜け調理場に向かう。夕食の準備がすでに始まっている為、料理人達が忙しなく働いていた。調理場にはトマトのとても濃い、良い匂いが漂っていた。

「カイン坊ちゃん。どうしました？　何か御用ですかい？」

料理長がニコニコ顔で近づいてくる。

「あっ、ロイド料理長。考え事をしてたらお腹が空いちゃって、夕食前だけど何か食べ物を貰えないかな？」

カインはできるだけニコニコしながらお願いをする。

「ふむ、良いでしょう。ちょっとそこに座って待っててくださいな」

料理長は食堂の隅にあるテーブルを指さした。通常このテーブルは、料理人達が食事をする時に使うのだが、カイン達も調理場で何かを食べる時に使っていた。

料理長は他の料理人に二言、三言指示を出すと、自ら包丁を使って何かを切っている。カインは何が出てくるかとてもワクワクしながら待っていた。しばらくすると料理長は、分厚い手袋をしスープポットを持って戻って来た。

「お待たせしました、夕食前なのでスープにしました。炒めた玉ねぎをコンソメスープで煮たスープです。温まりますよ、お召し上がりください」

料理長は、カインの前にスープを配膳した。

「おおっ、美味しそう！」

見た目は日本にいた時に何度か食べた、オニオンスープそのままだった。カインはスプーンでスープをすくい、少し冷ました後口に運んだ。

「おいしいーーー！　玉ねぎの甘さがとても良い！　ロイド料理長、ありがとう」

カインは心行くまでスープを楽しんだ。

「あっ、そうだ。お祖父様のお土産はあれにしよう」

4章 まだまだ改革途中

サンローゼ領主の館の前に、一台の幌馬車が止まっている。まだ、荷造りが終わっていないのか色々な物を男達が運び込んでいる。当初は、荷馬車の予定だったが雨を心配したリディアが、幌馬車に変更してくれたのだ。

「カイン、気を付けてね。シールズ辺境伯に無理を言われたらすぐに帰って来るのよ」

当初の予定なら同行するはずだったリディアが、カインを抱きしめながら言う。

「リディア母さま、大丈夫ですよ。それに、お祖父さまは私の上司になりますから、命令があったら断れません」

カインが無理を言わないで欲しい、と言う。

「大丈夫、お母様への手紙の中に注意をしてもらえるようにお願いしてありますから、安心して」

リディアが中々凄い事を言ってくる。カインは、「はい」としか言えなかった。

「カイン、道中気を付けるように。バルビッシュとガーディがいるとはいえ十分気を付けるように」

「ルーク父さま、ありがとうございます。気を付けます」

カインがルークの忠告に対しお礼を言った。

「カイン様、こちらがシールズ辺境伯へのルーク様からのお手紙になります。到着時の謁見の際にお渡しください。内容は新市街の建設の進捗になっております」

ランドルフが長細い文箱に入った、手紙をカインに渡す。

「確かに。ランドルフ、ララの同行を手配してくれてありがとう。さすがに、バルビッシュとガーディの二人だけで護衛と身の回りのフォローは負担が大きいと思ってたから」

カインは、蜜蝋で封印されている事をしっかり確認した後、ララの同行についてお礼を言った。

「いえ、ララの同行はリディア様からのご指示です。ルーク様にも快諾して頂きました」

「ルーク父さま、リディア母さま。ありがとうございます」

カインは大きな声でお礼を言った。二人は笑顔でうなずいた。

別れの挨拶が終わり、カインが幌馬車に乗り込むと出発となった。バルビッシュが手綱を振ると幌馬車が、ゆっくりと出発する。カインは馬車の後ろに移動し「では、行ってまいります」と大きな声で言った。

カイン達の馬車は、新市街の街門を抜け順調に進んでいた。この辺は見晴らしも良く、モンスターや野盗などの姿は見当たらない為、快調に進んでいる。御者台にバルビッシュとガーディが座り、カインとララは、荷台に座っていた。

「カイン様、このクッションと布団暖かいですね」

ララがカインが用意したクッションとテーブルに掛けた布団について感想を言う。

カインは、荷馬車での移動を聞いた後、このクッションとテーブル付き布団、所謂「こたつ」を用意していた。箱馬車と違ってかなり寒いと予測したため、この二つのアイテムを用意した。

バルビッシュとガーディの分も作った。ただ御者台にこたつを作る事はできなかったので、御者台を少し改造し足元を板で囲み、小さな七輪のような物をおき暖を取れるようにした。

「そうでしょう？　箱馬車と違って揺れると思ったからね、下水道工事の時にマーケットを歩いていたらワイルドボアの毛皮を見つけたから作ってみたんだ」

カインはクッションをパスパスと叩きながら説明する。

「でも、このクッションの中身は何でしょうか？　藁ではなさそうですが？」

ララがカインが作ったクッションの座り心地を確かめながら言う。

「うん、小麦のもみ殻を貰って詰めたんだ。中々いいでしょう？」

カインがララの質問に答える。

「また、面白いアイディアですね。それにこの〝こたつ〟？　ですか。本当に暖かいです」

「喜んでもらって嬉しいよ。ちょっと炭の追加と煙突が邪魔だけどね」

カインは、こたつにも小さな七輪と吸気用の管と排気用の煙突を、【土魔法】で作りこたつの中での不完全燃焼などを防ぐ工夫をしていた。

「でも、思ったんだけど、こうぬくぬくしているといざって時に行動が遅くなりそうだよね？」

カインがちょっとフラグめいた感想を言った。


お昼を過ぎたあたりから、段々と空模様が怪しくなり始めた。まだ風は吹いていないが、夕方くらいには雨が降ってきそうだとカインは御者台から空を眺めていた。

子供とはいえ貴族のカインが御者台に座る事はないのだが、自分が石畳化した道の状態を見たいと思い今日は一日御者台に座ると宣言し座っている。

「ガーディ、なんか雨が降ってきそうだね？」

御者台から空を見上げ呟く。

「そうですね、陽が落ちる頃に降り始めそうですね。本日は野営の予定なので、もう少しペースを上げて進み早めに野営準備ができる様にしましょう」

ガーディがそう言って、手綱を振って馬車の速度を少し速める。

馬車は先程より少し速くなるが、振動はそんなにひどくない。これもカインが行った街道の石畳化のおかげだ。

「ガーディ、雨が降っても大丈夫だよ。今日は【土魔法】で屋根付きの部屋を作る予定だから」

カインが何気に呟く。

「えっ、カイン様。あまり、派手にはされないようにお願いしますね？」

ガーディがあわててツッコむ。

「大丈夫、大丈夫。ちゃんと見えないようにしてからするから」

カインの「大丈夫」に本当か？という言葉を飲み込むガーディだった。

陽が落ちる二時間前くらいに、本日の野営地に到着した。ここは、前回もカイン達が野営した場所

でかなり開けている。シールズ辺境伯爵領からサンローゼ領の間を移動する多くの旅人や商人が、野営に利用する場所だ。

まだ、日没まで二時間もあるせいか野営地にいる人の数は少ない。二組の行商人が野営準備をしているだけだった。命の価値が安いこの世界では、行商人に見えても野盗だったりすることが普通にある為、野営地に入る前にバルビッシュが馬車を降り、行商人達の確認をしに行く。

バルビッシュは、行商人達と二言、三言話した後カイン達の元に戻って来た。

「カイン様、大丈夫です。二人共サンローゼ領街の商人ギルドのギルドメンバーでした。ギルドカードを確認しましたので大丈夫です」

「バルビッシュ、確認ありがとう。じゃあ、僕らは反対側の端の方に移動しようか」

カインが広い野営地の端の方を指さしながら指示を出す。

カイン達が野営地に入り商人達の前を通り過ぎると、商人達が会釈をして来た。先程、バルビッシュがカインがいる事を説明したと伝えてきた。

「さて、今夜の安全の為に壁を立てようか？　バルビッシュ大丈夫かな？」

地面に描かれた線を指さしながらバルビッシュに確認をする。

「はい、大丈夫です。商人達も十分離れていますので、お願いします」

バルビッシュが再度、周囲の安全確認をしてカインに返答する。

「では、……【ストーンウォール】」

カインが呪文を唱えると幌馬車を止めた一帯を囲むように高さ五ｍの石壁が出来上がった。商人達がいた方向から驚きの声が上がっていたが、気にするのをやめた。

「じゃあ、次は今夜の宿だね。……【クリエイトクレイ】」

カインは、少し小さめのログハウスをイメージしながら、呪文を唱える。広範囲の地面が盛り上がり始め、3Dプリンターで立体物を作り出すように、土でできた家が完成する。

「いえーい、完成！　あっ、わざとじゃないよ？」

不意にオヤジギャグを言ってしまったカインが、バルビッシュの方を見るとバルビッシュが頭を抱えていた。

「カイン様、やりすぎです……。石壁が無かったら大騒ぎになります」

「そうかなぁ？　そこまで大げさじゃないと思うけど……」

カインは、バルビッシュのその反応を見て〝あれ？〟と思いながら考える。

その後、近くの川まで水を汲みにいっていたガーディは、バルビッシュと同じ反応をし、反面ララは、「カイン様、すばらしいです」とほめてくれた。カインは男二人の感想より、ララの言った事だけを聞こうと思うのだった。

ちなみに、【土魔法】で作ったクレイハウスには扉こそ付いてないが四部屋の個室の土間のリビングとかまどを作った。土ではあるが、ベッドもあり幌馬車に積んできた厚手の毛布を敷いて、他に一枚の毛布を掛け布団のように配った。

換気用の窓は造ったが、まだまだ寒いので小さい。そのままだと、暗いのでカインはそれぞれの部屋に一つ、リビングには三つの【光（ライト）】の魔法を天井に掛けて回った。

明るくなった、クレイハウスを見てまた、ララが褒めてくれたので調子に乗ってお風呂まで作ってしまった。ララは、お風呂が嬉しかったのか「お背中流しましょうか？」と誘ってくれたが、「もう少し大きくなったら」とカインは丁重にお断りした。

バルビッシュとガーディは、半分あきらめた表情でその様子を見ているだけだった。

カインがお風呂を作り終え、リビングに作った竈で夕飯のスープを作っているとクレイハウスの屋根を打つ雨の音が聞こえてきた。クレイハウスの窓から空を見上げると、少し長く降りそうなどんよりと重い雨雲が暮れゆく空に広がっていた。

段々と強くなっていく雨音にカインは、外にいた商人達が心配になってくる。この雨が一晩中続くとなるとまだまだ、寒い中テントの中で火も焚けずに過ごす事になる。寒い時期の移動の為に、それ相応の準備はしていると思うが一度考えるとどんどん不安になってきた。

「ねぇ、バルビッシュ？　ちょっと外の様子を見に行っても良いかな？」

リビングで装備の点検をしているバルビッシュにカインが遠慮がちに質問をする。

「何をなされるのですか？　外はもう暗くなりつつありますし、危険です」

バルビッシュが柔らかく却下を伝えてくる。

「う～ん、ちょっと外の野営している人達が心配でね。このタイミングで雨が降って来ちゃうと夕食も食べてないんじゃないかなって」

「そうですね、しかし移動中の雨は珍しい事ではないですので対策をしているでしょう」

「でもね、まだ寒いから心配で……ね」

カインは少し考えてから決断したのか言葉をつづけた。

「野営地に屋根を作ってみようかなって思ってさ。良いでしょう？　一晩だけだし……ね？」

「もう、決断されてしまったのでしょう？　間違った事ではないので従者の私が止める事はできません」

はぁーと今日何度目かの大きなため息をつきながらバルビッシュが許可を出した。

「ありがとう、いつもありがとうね。じゃあ、行こうか？」

カイン達は、雨具を着込み外に出ていく。カインはふと『傘があると便利だなぁ』なんて思っていた。

カインが壁の一部に【デリート】で穴を開け外に出る。外は大分暗くなって雨も少し強くなってきていた。野営地には、最初の二組に加え四組程の商人や冒険者らしきグループが増えていた。皆、テントを張ったり、タープのような物を立てて雨を凌いでいた。

壁から出てきたカイン達を見て、冒険者のグループが警戒態勢を取る。バルビッシュが大きな声でこちらはカイン騎士爵の一行である事と、野営地の様子を見に来ただけと説明をした。冒険者達はゆっくりと警戒を解き始めるが、完全には解かないでいる。

「はー、びっくりした。まあ、突然壁に穴が開いて誰かが出てきたのだからしょうがないか？」

「カイン様、それでこれからどのように屋根を作られるのですか？」

ガーディが冒険者の方を見ながら質問をする。

「野営地の街道沿い以外を囲むように壁を作って、屋根を作ろうかと。壁だけだと強度が心配だから、人がいない真ん中にも柱を立てるかな？」

カインがこれから作製する屋根を説明する。

「野営地を囲むのですか？　それでしたら、ここにいる、それぞれの代表者に説明をしてからの方が良いかもしれませんね」

カインは確かにガーディの言う通りだと思い、バルビッシュを呼び今の内容を伝え代表者を呼んで来てもらうようにお願いをした。バルビッシュは、両手を上げながら冒険者達に近づき普通に声が届く距離まで移動し、これからカインが魔法を使う事を説明した。

商人達からは、「あの、石畳様か」などの声が上がったが冒険者達はシールズ辺境領からの移動組のようでカインの事を知らず、「そんな事ができるはずがない」などを言っている。

説明が長引き雨が先ほどよりも強くなり始めると、カインを知る商人達からバルビッシュの言葉を信用しない冒険者達を非難する声が上がり始めた。その後もしばらく押し問答が続いたが、冒険者達が最終的には折れた。

「お待たせしましたカイン様、時間がかかり申し訳ございません」

バルビッシュがぬかるみ始めた地面をバシャバシャさせながら戻ってくる。

「ありがとう、バルビッシュ。これ以上濡れると風邪を引いちゃうからさっさと終わらせよう！」

少し寒さでかじかむ手に息を吹きかけ温めてから、カインは魔力循環を始める。そして、【空間把握】のスキルと併用し作製する屋根をイメージする。

「じゃあ、行きますよー……【クリエイトクレイ】」

カインは冒険者達に聞こえるように大きな声で、呪文を唱えた。唱え終えると野営地を囲むように壁が立ち上がり始める、同じタイミングで人のいない野営地の真ん中からも二本の柱が伸び始める。

壁と柱は大体五m位の高さになると、伸びるのが止まり屋根が広がり始めた。壁は二〇cm位の隙間を空けた格子状に作った。こうする事で壁の後ろに誰かが隠れていても容易に見つけられるし、隙間があるとはいえ風が入ってくることを防げる仕組みだ。

屋根は、少し傾斜をつけた三角屋根にした。屋根が出来上がると暗くなってしまったので、四隅を含め数か所に【光(ライト)】を灯し明るくした。壁と屋根が出来上がると雨が入り込まなくなり雨具の帽子を脱いだ。

商人達と冒険者達からお礼を言われ調子に乗ったカインは、ぬかるんだ地面を【土魔法】で乾かし、壁側に二か所の竈を作製した。全てを作り終えたカインがドヤ顔をしながら、バルビッシュ達の方を見るといつものように頭を抱えていた。

何かを言いたげな、その場の人達を残し説明はバルビッシュとガーディに任せ、足早にララとカインはクリエイトハウスに戻った。説明を終えて二人が戻ってくると壁の穴をふさぎ、お風呂にお湯を【生活魔法】で作り冷えた体を温めてから眠った。

翌朝、出発の準備を終えるとクリエイトハウスと壁を【デリート】で消し昨晩作った屋根も元に戻そうとした。しかし、昨晩ここに滞在した商人達からぜひ残してほしいと懇願された為、そのままにした。

バルビッシュが「領主様達に報告しなければ」と呟きながら落ち込んでる。「ごめんね、バルビッシュ」とカインはその姿を見て心の中で謝るのだった。

野営地を出発したカイン達は、特に何事もなく街道を進みシールズ辺境伯領都に到着した。野営地の夜とその次の夜にも雨が降ったが、街道が石畳化されている為、ぬかるみにはまる事なくスムーズに馬車を進める事ができた。

「カイン様、シールズ辺境伯領都が見えてきましたよ」

御者台のバルビッシュが荷台にいるカインに声を掛ける。

「あー、本当だ。こう見るとサンローゼ領街の街壁も負けてないね」

前回はとても大きく、感嘆したシールズ辺境伯領の街壁を今回は少し余裕を持ってみる事ができた。

他の三人も口々に「カイン様のおかげですよ」とか「頑張りましたからね」とかカインの功績を讃えた。カインは、素直に嬉しいと思いながらも「僕だけじゃなく皆で作ったんだよ」と自分一人の成果だけではないと訂正した。

今日もシールズ辺境伯領都の外側には、多くの旅人や商人達が入場を待っていたがカイン達の馬車は貴族専用の門を目指し進む。並んでいる人々の横を通り貴族門の入口で貴族章を見せると、衛兵より「カイン騎士爵様、お帰りなさいませ」と歓迎をしてくれた。

そのまま、シールズ辺境伯のお屋敷に進んでも良かったが、衛兵より先ぶれを出しますのでと言われ門を入場した後の広場でお迎えが来るまで待機していた。入場した門からは前回カインが石畳化した道がずっと続いていた。作製してからまだ数か月しか経っていないので、はがれたり、ずれたりした石は見当たらないようだった。

二〇分程待っていると、二人の兵士が走って近づいてきた。兵士達はカイン達の馬車の手前で一度立ち止まり、カインを見つけると敬礼をする。

「カイン騎士爵様、お迎えに上がりました。私達は、シールズ辺境伯騎士団第三分隊、レーベンとスタンであります」

「出迎えご苦労様です、私と従者二名、メイドの四名です。お願いします」

カインは兵士達に応える。

レーベンとスタンは慣れた手つきで、馬と馬車を確認し御者台にレーベンと名乗った兵士が座る。スタンは出発の安全確認とカイン達の乗車をフォローし出発ＯＫと声を掛けた。馬車としばらく並走すると、スピードが上がる前に御者台に飛び乗って来た。

シールズ辺境伯領は、以前と変わらずとてもにぎわっていた。多くの人々が道を行きかい、露店を広げている商人達が通りかかる領民と値段交渉などをしている。しばらく馬車が石畳の道を進むとシールズ辺境伯の屋敷に到着した。

馬車が屋敷の車止めに停車しカイン達は、馬車を降りる。屋敷の前にはシールズ辺境伯家の執事とメイドがカイン達を出迎えに出ていた。

「出迎えご苦労様です、カイン＝サンローゼ＝シャムロック只今戻りました、お館様へお目通りをお願いいたします」

出迎えの執事が「はっ」と言って一礼をして屋敷に戻り、メイド達から一斉に「カイン様、お帰りなさいませ」と歓迎された。

カインとバルビッシュとガーディは、シールズ辺境伯の執務室に通される。執事が案内し扉の前でノックし中の返事を待って扉を開けた。

「シールズ辺境伯様、只今戻りました。戻るのが遅くなり申し訳ございません」

カインは部屋に入室しシールズ辺境伯へ挨拶をする。

「サンシャムロック卿、ご苦労。道中問題はなかったか？」

シールズ辺境伯が笑みを浮かべながら返事をした。

「カイン、堅苦しい挨拶はここまでじゃ。良く戻った、息災であったか？」

「はい、お祖父様、戻るのに時間がかかり申し訳ございません。お祖父様もお変わりなく」

シールズ辺境伯がとても優しい笑顔でカインの帰宅を歓迎してくれた。

シールズ辺境伯と笑顔で再会したカインは、執務室でサンローゼ領に戻ってからの事をあれこれ話をした。シールズ辺境伯は、最初こそ「ふむふむ」と聞いていたが、街壁の建設の話のあたりから少しずつ表情が険しくなり、地下下水道の説明を聞いているあたりでは頭痛がするのか、こめかみを押さえながら話を聞いていた。

「ふー、カインよ。少々頑張りすぎじゃ、もう少し自重も覚えんとな。まあ、実際に現場を見なければ信じがたい内容だから大丈夫だと思うがな」

顎鬚（あごひげ）を撫でながら、ゆっくりとした口調でたしなめる。

「はい、自重します……」

上司からたしなめられたカインは、少々やりすぎたかと反省をする。

「ま、まぁ、まだ、儂が擁護できる範囲じゃから、そんなに落ち込まんでもよい。行っている事は全部領民の為になっておるのじゃから。一つだけ助言だが、もう少し時間を掛けて行えば問題になるまい」

可愛い孫が落ち込む姿に焦ったシールズ辺境伯は、慌ててフォローをした。

「はい！　お祖父様ありがとうございます。頑張ります！」

一瞬でカインは復活し、とびっきりの笑顔を振りまく。その姿を見てシールズ辺境伯は満足気にうなずく。カインの従者二人は、こっそりとため息をつく。

「今夜は、内輪だけだがカインの歓迎会を行うからの、楽しみにしておれよ」

「はい、ありがとうございます。お祖父様」

二人共ニコニコと笑顔でいつまでも笑っていた。だいぶ経って執事が小さく咳をし、二人を現実に引き戻す。その後、カインはルークからの書簡を手渡し執務室より退出した。

退出後、カイン達を執事が滞在中に宿泊する部屋に案内をしてくれた。前回のような客間ではなく、他家からの使者等が使う部屋だと案内してくれた。部屋の大きさは少し小さいが大きなベッドと執務用の机があり、カインとしては十分だった。

ちなみに、バルビッシュ達はシールズ辺境伯家の使用人達が住んでいる寮の一室を割り当てられた。少々カインの滞在する部屋と離れてしまうが、安全は保障されているので問題ないと説得され二人は寮の方に移動していった。

夕食の少し前にメイドがカインを呼びに来た。早目の夕食なのかな？　と思いながらメイドの後を付いていくと客間に通された。客間の扉を開けると、笑顔のアイシャがカインを待っていた。

「お帰りなさい、カイン。出迎えられなくてごめんなさいね、丁度用事があって外に出ていたから」

アイシャはニコニコと微笑みながら、ソファーに座るように手招きをする。

「お祖母様、お元気そうで何よりです。お忙しいのですから、お気になさらずに。こうしてお時間を頂けただけで、カインは嬉しいです」

本当にリディア母さまによく似ているなぁと、いやリディア母さまが似ているのか？　とか思いながらカインはソファーに座った。

「リディアからの手紙でカインが色々頑張っていると聞いているわ。でも、無理はしすぎちゃ駄目よ。昨日もリディアから手紙が届いて、くれぐれも無理をさせないようにとお願いがされていたわ。あなたは、賢いけど大人のように働くと嘆いてもいたから」

優しく微笑みながら釘を刺されたカインだった。

「そうそう、先日アリスから手紙が来てね、騎士学院で頑張っていると言っていたわ。なんでもとても尊敬できる先輩を見つけたとかで、手紙からも嬉しさが溢れていたわね」

ふふふっと頑張っているアリスを想像してかとても楽しそうにアイシャが笑う。

「そうなんですか？　僕の所には手紙なんて来てなかったので……」

「そうなの？　アリスの事だから、自分から書くのが恥ずかしいのかしら？　明後日くらいに返事を書くから一緒に送ってあげるわ。アリスに手紙を書いてみなさいな」

カインはアイシャからの提案に「はい」と元気よく返事をした。

話がひと段落した所でメイドがアイシャに近づき、何かを伝えた。

「カイン、お夕食の準備が整ったそうよ。今日はカインの歓迎会だから楽しんでね」

「はい、ありがとうございます」

元気いっぱいにお礼を伝えるカインだった。


アイシャの後に続いて食堂に向かうとすでに、カイン達以外の参加者はすでに席についていた。本日はカインの歓迎会という事で、カインの席はアイシャの隣の席になった。向かいの席には、初めて見る男性と女性、そして二〇代の男女も同席していた。

カインが席に着くとシールズ辺境伯が執事に向かってうなずく。その合図を元に扉が開かれメイド達が食事を運び込んでくる。食事は温野菜のサラダ、パン、コンソメのスープと進む。どれもとても美味しくさすがに交易が盛んなシールズ辺境伯領ならではの食事だと思った。

メイン料理が運ばれる前に、シールズ辺境伯から本日の参加者の紹介がされた。

「漸く腹も落ち着いた所で、カインに紹介しよう。食事の前に始めると食事にありつけなくて嫌なのじゃ。さて、まずは息子のウィル。リディアの兄だから、カインからは伯父になるかの？　その隣がウィルの妻のディアナじゃ。そしてその隣がカインの従妹になる、ウィルの息子のジョディーとその妻のビバリーじゃ」

シールズ辺境伯がカインと対面に座っている、子供と孫達を紹介する。

「初めまして、カインです。ご挨拶が遅れ申し訳ございません」

カインは、直ぐに挨拶をする。

「そんなに畏まる必要はない、カイン。リディアの息子なのだから、私達は家族だ。それに、私も堅苦しいのが苦手でね。多分父親に似たのだろうけど？」

ウィルがウィンクをしながら、かるくシールズ辺境伯をいじる。そうすると周りの家族から笑いが起きた。その後も、ディアナ、ジョディー、ビバリーと挨拶をかわした。

「そうそう、カインにあったらお礼を言いたかったんた。あの〝ハンバーグ〟と言う肉料理のレシピを教えてくれて、本当にありがとう。あれは、本当に旨い」

ウィルがとても嬉しそうにハンバーグの話をする。

「いえ、あれは、たまたま読めた〝勇者様の書〟に書かれていたのをお祖父様にお伝えしただけなので、シールズ辺境伯家の料理人が凄いのですよ」

カインは、「いえいえ」と手を振りながら、返事をする。

「そうか、後で料理長に伝えておこう。それに、母様などあの〝たまご焼き〟を二日に一回は食べたがる」

ウィルがそう言うと、またも笑いが起きた。アイシャは恥ずかしいのか、もうとふくれる。そんな様子もカインは母子だなぁとアイシャを見ていた。

そうこうしていると、メインが運ばれてきた。今日のメインは話題に上がった〝ハンバーグ〟だった。ウィルは、「おおっ」と喜びを表し誰よりも早く、切って食べ始める。

今日のハンバーグは、ハンバーグの上にチーズの乗ったチーズハンバーグだった。かかっているソースも赤ワインをベースにしたとても美味しいソースだった。

「カイン君、君にお願いがあるんだが、良いかな？」

ハンバーグを食べながら、談笑しているとジョディーが言う。

「はい、何でしょう？　ジョディー様、僕の事はカインとお呼びください、ビバリー様も」

カインは急いで、ハンバーグを飲み込み答える。

「ありがとう、カインと呼ばせてもらうよ。それに僕達もジョディーとビバリーと呼んで欲しい。僕達は、従兄弟なのだから。お願いはね……リディア叔母上の手紙にあったショートケーキのレシピを教えてもらえないだろうか？」

ジョディーが気さくな呼び方を提案した後、すこし言いづらそうにお願いをして来た。

「ジョディー、いきなり料理のレシピを聞くのは失礼ですよ」

ジョディーの方を向き、ディアナが注意をする。ジョディーが少し「ヒッ」と肩を上げる。

「ディアナ伯母さま、家族なのですから大丈夫です。それにリディア母さまから、ぜひショートケーキのレシピをお祖父様とウィル伯父さまに教えてくるようにと言われていますから」

カインが急いで、フォローをする。ジョディーが「ありがとう」と無声で伝えてきた。

「なぜ、儂らなのじゃ？　カイン？」

会話を聞いていたシールズ辺境伯がカインに確認をする。

「えっ、それは……」

カインが、夫婦の日の話をする。段々とシールズ辺境伯の表情が引きつりだす。その反面、アイシャはにこにこと笑みが深まっていく。

「「「あなた、お願いしますね」」」

アイシャ、ディアナ、ビバリーの声がハモった。旦那三人は、「「「はい」」」と応えた。カインは「皆さん、がんばりましょー」と心の中でエールを送った。

昨夜の歓迎会はとても楽しかったなと思いながら、朝の支度をカインがしていると扉をノックされた。

「はい、どうぞ」

カインが返事をすると、「失礼します」とバルビッシュとガーディが入ってきた。

「おはよう、バルビッシュ、ガーディ。昨日はゆっくり休めた？」

二人を招き入れながら、昨日の様子を確認する。

「はい、ご用意いただいた部屋もとても奇麗でゆっくり休ませていただきました。昨夜は久しぶりに街に二人で飲みに行きました」

ガーディが部屋と昨日の行動を報告する。

「それは、良かった。シールズ辺境伯家に滞在中の夜は基本自由行動でいいからね。二人の事だから問題は起こさないと思うけど、からまれないように気を付けてね」

カインが二人にたまには、羽を伸ばすように伝える。二人は、「ありがとうございます。程々に」と答えた。

カインの支度を終えて三人は、シールズ辺境伯の執務室に向かう。今日は石畳化工事の打ち合わせをして、実際の作業は明日から開始の予定だ。三人は、執務室の扉をノックをして執事が開けてくれるのを待ち入室した。

執務室の中には、シールズ辺境伯とウィル伯父と整備局のドートンが待っていた。

「お祖父さま、おはようございます。お待たせしてしまい申し訳ございません」

カインは自分が一番最後に到着したことを詫びる。

「いやいや、気にするでない。時間通りじゃ、事前に少し三人で話していただけじゃ。では、早速会議室に移動し打ち合わせをしようか」

「はっ」とカインを始め全員の声が重なる。

会議室に移動し早速前回カインが作製したシールズ辺境伯領の模型を元に、今回の〝石畳化〟工事の順序と日程を話し合い始める。一日、一〜二本の石畳化工事だったので、もう少し増やしても大丈夫と伝えると、びっくりしていた。

しかし、あまりカインの能力が凄い事を広めるのは、不味いとのシールズ辺境伯からの指摘があり最大でも一日三本の〝石畳化〟に決まった。カインとしては、ドートン達が交通整理も、移動も全部手配してくれるとの事で、らくちんだなぁと聞いていた。

全工程の予定が決まり、ほぼ全部の通りを予定通り石畳化できそうでカインが安心していると、ウィルがもう一つ追加で頼みたい工事があると言ってきた。そうして計画書をテーブルに広げる。そこには、橋の架け替え工事と書いてあった。

「橋の架け替え工事ですか？」

カインが計画書の題名を読んで質問すると、ウィルが「そうだ」と答えた。

「シールズ辺境伯領と隣のストーン男爵領を繋ぐ街道の橋の老朽化が問題になっていてな、もし可能であれば新しい橋を架けなおしたいと計画をしていたのだ。すぐに壊れるという事はないのだが、夏の川の水が増量する前に何とかしたいと思っていてな」

ウィルが計画書を説明しながら、依頼の理由を説明する。

「ウィル伯父上、まだ橋を作った事がなくできるかは少々心配なので、少し実験をしてからご回答させてください」

カインは突然の依頼である事とまだ試していない建造物の為、一時返事を保留した。

「そうだな、いきなりすぎた。一度検討して欲しい、返事は一週間くらいで大丈夫か？」

スケジュールを確認しながらウィルが期日を伝えてくる。

「はい……多分大丈夫だと思います、バルビッシュ、忘れないと思うけど覚えておいてね」

ちょっと情報量が多かったので、バルビッシュにヘルプをした。「はい」とバルビッシュは短く答える。

「カインよ、急な依頼で悪いが検討してみて欲しい。もう少し早目に動く必要があったのじゃがな……頼む」

シールズ辺境伯は、何かを言いかけてやめる。

明日からの打ち合わせが思いのほか早く終了したので、明日の下見と称して少し街に出てみる。どこかおすすめの所がないかとドートンに確認をした所、ドートンが「それならば」と案内をしてくれると言うのでお願いした。
「カイン様、私達はカイン様が戻られるのを心待ちにしておりました。不思議な事にカイン様が石畳化して頂いた通りの活気が凄いのです。露店も多くなりましたし、道に落ちているゴミも減りました」
ドートンが、カインの行った石畳化の効果を熱く語ってくれた。
「それは、良かったです。サンローゼ領でも領民の衛生意識が高まって、通りからゴミが減りました。シールズ辺境伯領都も一日でも早く、石畳化して喜んでもらいましょうね」

カインは、つい嬉しくなって口を滑らす。

「「カイン様」」

すかさず、バルビッシュとガーディが突っ込む。カインは、「自重します」としか答えられなかった。

「さて、カイン様どのような所に行きたいですか？」

ドートンがカインに確認をしてくる。

「そうだなぁ……、やっぱり一番初めに石畳化した通りかな？　それと魔道具屋に行ってみたいですね」

カインは少し考えた後、希望を伝える。

「やっぱり、石畳化してから時間が経っているから壊れたり崩れたりしていないか確認したいのと。魔道具屋は今作りたいものがあって参考にしたいんだ」

ドートンは、「畏まりました。順番にご案内します」と答え「こちらです」と先導し始める。

シールズ辺境伯領は、前回も思ったがサンローゼ領街より人通りが多く活気がある。カインはウキウキしながら通りを進む。まずは、本通りを端から端まで確認をしたいと言うカインの希望により、ゆっくりと本通りを歩き始めた。

特に、石畳が欠けていたり石が外れている場所は無かった。しかし所々石の色が違うのを見つけたカインはドートンに質問した。

「ドートンさん、たまーに、色の違う石がはまっている所があるんだけど、ドートンさん達が補修したの？」

カインは少し先の色の違う石を指さしながら質問をする。

「はい、ご察しの通りです。石畳化していただいたおかげで、轍などはできなくなったのですがやはり店先など頻繁に馬車が止まる部分などは、所々沈んだり、ずれたりが起きたりしたので申し訳ないと思いましたが、補修をさせて頂きました」

ドートンが少し体を小さくしながら答える。

「そんなに、恐縮しないで。どんなに頑丈に作ったっていつかは壊れるんだから。それにしっかりと補修の手筈が整っているのにびっくりだよ。ぜひ、サンローゼ領街でも取り入れたいから後でどの位の頻度で補修が必要か教えてくれる？」

カインがあわてて、ドートンをフォローする。ドートンはほっとした表情で「もちろんです」と快諾してくれた。

ドートンと意見交換をしながら本通りを端まで観察しながらゆっくりと進んだ。たまに一個、二個の補修個所を見つけるが大きくへこんでいたり、壊れている部分が無くカインはほっと胸を撫でおろした。サンローゼ領街の三倍くらいの人達が住むこの街でこの程度であれば、直ぐに壊れるなどの問題が発生する事はないだろうと判断できると思ったからだ。

「ドートンさん、でも、今の状態でこのくらいだと全部の通りを石畳化すると結構補修の人手が必要そうだよね？」

「はい、ご察しの通りです。今、整備局では石工ギルドと合弁の補修専門の部署を作ろうと考えています。整備局では今まで不遇だった【土魔法】使いを新部署に異動させて活躍してもらおうと考えています」

ドートンが何やら嬉しそうに説明してくれた。

「へぇー、凄くない？【土魔法】使いの雇用が増えるのは良い事だよね。サンローゼ領街でもできないかな？」

「そうなのです。同じ大きさの石を切り出すのは中々大変なのですが【土魔法】は、修練さえ積めば魔力のある限り作り出す事は容易なので、【土魔法】使い達はカイン様を拝んでいる程です」

ドートンがちょっと変な事を言っているが、喜んでもらっているので良いかと聞き流した。


本通りの視察を終えたカイン達は、もう一つの視察先である市場通りを視察していた。やはり市場通りも所々修復の跡が見られた。

「カイン様！　お帰りなさい。これ美味しいから貰ってください」

露天商の男がアッポルを一つ手渡した。

それからもカインが市場通りを歩いていると、複数の領民から声を掛けられたり売り物の果物を貰ったりした。

「カイン様、大人気者ですね？」

ドートンがにこやかに笑いながら近づいてきた。

「そうかな？　そうだといいな」

カインは照れながら答える。

「さてさて、そろそろ魔道具屋にご案内しますね」

こちらですと、行き先を手で示しながらドートンが案内をする。しばらくドートンの後ろをついていくと通りを二、三回と曲がり周りが食べ物を売る店から、日用雑貨などを売る店が増えていた。

その中に一軒、店の外まで訳の分からない道具が並べられている店を見つける。どうやらこの店がドートンの言っていた魔道具屋みたいだった。

「こちらが、ご紹介させていただきたい魔道具屋『星のゆりかご』です」

「へー此処が？　どんなものがあるのかな？」

カインは、扉を開けて店の中にはいった。店は結構な広さだったが、少し薄暗かった。そして色々な道具が棚や箱から溢れていて、広い店内なのにカウンターへの一本道以外は足の踏み場が無かった。

「おや、ドートンじゃないか。久しいねぇ、今日はどうしたんだい？　おや、お客様も一緒かい。いらっしゃいませ」

カウンターの向こう側に座っていた、紫の髪の優しそうなおばあさんが声を掛けてきた。

「メリダさん、お久しぶりです。本日は特別なお客様をお連れしました。サンシャムロック様です」

ドートンがメリダと呼んだおばあさんに挨拶をした後、誇らしげにカインを紹介する。

「これは、これは。サンシャムロック様、ようこそお越しくださいました。とても狭い店で申し訳ございません。何かお眼鏡にかかる物があれば幸いです」

メリダはカウンターから出てきて、ゆっくりとカインにお辞儀をする。

「こんにちは、メリダさん。今日はドートンさんに色々な魔道具があると聞いてお伺いしました。色々見させてくださいね。あと、僕の事はカインとお呼びくださいね」

カインは、ニッコリと笑顔でメリダに挨拶を返した。

「お噂は以前から聞いておりましたが、そのお年で騎士爵様になられる方は違いますね。さて本日はどのような魔道具をお探しですか？」

「えっと、色々あるのですが……まずはお湯を沸かす魔道具と。あとは氷を作る魔道具があれば購入したいと思って」

カインが来店の目的を説明する。

「うーん……お湯を沸かす魔道具はいくつかありますが……氷を作る魔道具は一つくらいしかないですね。ちょっと探してきますのでお時間をください」

メリダは、少し考えるように天井を見てから店の奥に魔道具を探しに行った。

「カイン様、カイン様。ここは中々凄い魔道具屋ですね。これを見てください、以前我が故郷ではやった風を起こす魔道具です。こちらは、確か刃物を一回で研いでしまう魔道具ですね。色々な国で作られた魔道具があります」

いつも落ち着いているバルビッシュが少し興奮しながら、見つけた魔道具を説明してくれた。

「へー、いっぱいあるから中にはお宝があると思ったけど、予想以上に凄い魔道具屋さんなんだね」

カインが所狭しと並べてある魔道具達を見渡しながら返事をする。

「お待たせしました、カイン様。こちらの魔道具でいかがでしょうか？」

メリダは四つの魔道具を両手に抱えながら、店の奥から現れカウンターの横のテーブルに並べた。

並べられた魔道具の内三つがお湯を沸かす魔道具、一つが氷を作れる魔道具と説明をしてくれた。

お湯を沸かせる三つの魔道具は、カセットコンロのような形をしている、魔石を動力に動かす『魔道コンロ』、鍋の中に水を入れて、魔力を流すとお湯が沸く『魔道鍋』、そして最後が直接お湯を作り出す『ボイルロッド』だった。あと、氷を作り出す魔道具は『ボイルロッド』に似ている、『アイスロッド』という魔道杖だった。

「へー凄い、色々あるんだね。うーん全部買いたいけど高そうだよね……」

カインはバルビッシュの方を見ながら呟く。バルビッシュはそっと目線をそらした。


カインは目の前に並んでいる魔道具達を見て、すでに三〇分程悩みに悩んでいた。どれもそれぞれ役に立ちそうで、どれも捨てがたく手に取っては戻し、取っては戻しを繰り返していた。

「うーん、やっぱり『魔道鍋』かな？　メリダさん、この『魔道鍋』を頂けますか？」

「はい、『魔道鍋』ですね。金貨八〇枚になりますね。お屋敷へお届けしておきますね」

メリダさんは、ニッコリと微笑みながら『魔道鍋』をカウンターの後ろの取り置き棚に移動させた。

バルビッシュに頼んで支払いを済ませ、「また来ます」と言って店を後にした。

お昼を少し過ぎたくらいの時間になったので、以前連れていってもらった焼きパスタの店に昼食を食べに来ていた。以前と同じソースのとても良い匂いが店中に漂っていた。バルビッシュとガーディは初めてだったので「美味しい、美味しい」と食べている。

全員が食べ終わり、食後のお茶を頂いているとガーディがカインに「なぜ、『魔道鍋』にしたのでしょうか」と質問をして来た。

「それはね、今【生活魔法】の応用でお風呂のお湯を用意しているけどもう少し効率の良い方法を探していてね。じゃないとお風呂を広められないじゃない？」

カインは『魔道鍋』にした理由を話し始めた。

「後は、多分だけど『魔道鍋』を使えば長時間の煮込み料理もできるかと思って」

「おおっ、それはまた美味しい物が食べられそうな予感ですね」

ガーディがとても嬉しそうにまだ見ぬ未来を妄想する。

その後は、明日からの作業をする場所の下見を二、三か所して館に戻った。すると魔道具屋で購入した『魔道鍋』が届いていた。カインは早速部屋に駆け戻り『魔道鍋』を解析し始めた。

「おおっ、この鍋も材料は普通の鉄だけど内部が薄くミスリルでコーティングされてて、【刻印魔法】を刻んであるんだぁ、へぇー」

魔道鍋をテーブルの上で転がしたり、逆さにしたりしながら【解析】の眼鏡を使い解析をしていく。

もう一つ分かった事は、刻印自体は鉄の鍋に直接刻まれていて魔法の伝導媒体としてミスリルが使われている事だった。

「ふーん、この方法を使えばミスリルに直に刻印しないから、魔道具のローコスト化ができるね。でも、この方法は企業秘密なんだろうなぁ？　おおっ、熱の伝導はこの中華どんぶりの内側にあるような模様が熱を発生しているみたいだ」

カインは解析した結果を、メモに残しながら呟く。

ちなみに、『魔道鍋』の動力は取っ手部分にはめ込まれた魔石だった。魔石の魔力が無くなったら取り換えるらしい。このカレー鍋くらいの水を一回一〇〇度にするには、魔力五くらいを使うみたいだった。温度の設定は三段階で、六〇度、八〇度、一〇〇度だった。

「一回試しに複製してみたいけど、材料がないなぁ……しばらくは我慢かな……」

明日から石畳化の仕事が始まる為、試作は大分先になるだろうと思いつつ試作の為の設計図を描いて準備を進めるのだった。

メリダは店の奥にある地下に続く階段をゆっくり下っていく。降りた先に続く短い廊下の突き当りにある扉をゆっくり開けながら中の人物に声を掛けた。

「ザイン、夕食ができたから上がってきておくれ？」

「あっ、もうそんな時間か……集中していると時間が経つのが早いなぁ。今行くメリダ」

ザインと呼ばれた見た目は三〇歳代の男性は扉の方を振り向きながら返答する。ザインは長い耳をピクピクさせながら、何かを思い出したようにメリダを呼び止めた。

「そういえば、今日店に来たのは誰だい？　物凄い魔力だったけどメリダ大丈夫だった？」

「今日かい？　ああ、カイン様がいらっしゃったね。まだ七歳の騎士爵様だよ」

「えっ、七歳!?　ふ～、世の中には化け物がいるもんだね。怖い怖い」

「カイン様が怖いものかね、変な事言っていないで、早く上がるよ」

メリダはカインの姿を思い出しながら、やれやれという感じでザインに移動をするように言った。

――カインって言うんだ。その内会ってみたいね……。

カイン達は、せっせとシールズ辺境伯爵領都内の通りの石畳化をこの一週間行った。相変わらずドートン達の手際が良くカインはただ石畳化をするだけで良かったのでとても効率良く石畳化ができた。あまりにスムーズ過ぎて自由時間ができ、領民と交流が結構あり作業中の通りの住民から色々な差し入れなど受け取ってしまった。
一度受け取ると、私も、自分もと増えていきガーディでは持ちきれない状態になってしまった。護衛のガーディの行動もそうだが、段々と競い合う感じが見えてきたので諸々の受けいれをウィルに変更した。
これは、次期領主の采配の練習とイメージアップを狙っての事だ。カインとしては、オーバーワークにならなければ、多少の追加作業は問題なかったし、通り以外の例えば商人の家の屋敷の中の石畳化も費用を支払えば実施することにした。これをする事でカインのしている内容は領主が結構なお金をかけているとアピールできる。

「皆さん。おはようございます。今日も作業手順を守り事故無く、怪我無く作業を行いましょう。ドートンさん、本日の作業予定の通りと追加作業の内容説明をお願いします」

カインが朝の挨拶から朝礼を始めた。

「はい、本日の石畳化は北第三通り、東第一二、二三通りです。北通りと東通りの移動がありますので本日は早目の昼食です。東第二三通りの作業終了後、ロナーン商会が管理する迎賓館の敷地内の石畳化一件をお願いします」

ドートンが作業計画書を確認しながら今日の予定を説明する。

「ドートンさん、北第三通りは他の通りより少し長いですよね？　分割で作業ですか？　それとも一括作業で行きます？」

カインが長い通りの作業内容を確認する。

「本日は、町内の顔役の調整により一括で実施ができます。その代わりお昼までの時間で終える必要がありますので、本日は人員を少し増やして対応いたします」

「お昼までですか？　分かりました、それじゃ皆さん本日もよろしくお願いします」

「「「お願いします」」」

カインが朝礼を締める。そしてすぐに馬車に乗り込み移動を開始した。

北第三通りは、左右にカーブしている通りで端からは全体を見渡す事ができなかった。いつも通り作業終了地点から開始地点へ移動しながら、分割点を決めていく。最終的に四回に分けて実施することにした。

「この通りは轍が結構深いね、ちょっと補修をしないとこのまま石畳化すると道がうねっちゃうね」

カインが通りを眺めながらバルビッシュへ確認をする。

「そうですね、ちょっと他の通りよりも深いですね。でも補修とはどうするのですか？」

カインの問いに同意したバルビッシュが質問をしてくる。

「そうだなぁ？【アースウォール】で一度轍を埋める土を作って、一度土に戻してから石畳化かな？」

カインがさらっととんでもない事を言い出し、バルビッシュの返事を待たずに作業を始めだす。

「皆さーん、始めますよ。【アースウォール】×二」

カインが【アースウォール】を唱えると轍に沿って二本の高さ五〇cm×幅三〇cmの土壁が出来上がる。土壁が出来上がってから【マッド】を唱え一度泥に変え【ドライ】を掛けて泥を乾燥させた。この間約一分、側で見ていた関係者はただ、ただ吃驚するだけだった。

「よし！　準備完了！　本番行きますよー！」

カインの掛け声と共に子供達が何処からともなく現れ、カインの詠唱に合わせ呪文を唱えだす。そしてカインの「せーのっ」という掛け声と共に【ストーン】と一緒に唱えた。

カインが手を突いている地面を起点に通りが発光しドミノが倒れるように通りが石畳化していく。発光が終わると石畳化が完了し周辺から歓声が上がった。その後も同じ作業を四回繰り返し北第三通りの石畳化を終える。

カイン達は次の作業を行う東通りの定食屋に移動してきた。庶民的な佇まいだが、味は保証するとドートンが豪語していた。カインは特に店の佇まい等にこだわりが無く、美味しければいいのでかなり楽しみにしていた。

「ドートンさん、ここのおススメはなんですか？」

カインが待ちきれずに、席に座った瞬間に質問する。

「ここは、肉煮込みシチューが絶品で週一回は食べに来るほどです!!」

ドートンが少し大きな声で即答した。そしてすぐに、店員を呼び人数分のシチューとパンを注文する。

すでにシチューは煮込まれていたのか、注文後すぐに配膳された。出てきた煮込みシチューは、赤ワインと複数の野菜で煮込まれていた。主役の肉はワイルドボアだそうで脂身がトロッとして、スプーンでほぐれる程柔らかく煮込まれていた。

「「「旨い！」」」

一口食べるとカインを始め全員が声を揃えて、感想を言った後夢中で食べ始める。ドートンはその姿をドヤ顔で眺めながら、ゆっくりと味わっていた。

カインは、『お昼ご飯が美味しいと午後の作業に気合が入るよね』と思いながら夢中でシチューを食べ続けた。

陽が昇り始めた早朝、カインがベッドの中で小さく縮こまりながら寝ている。昨夜は大分冷え、丸まるように寝ていた。前世の時とは異なり目覚ましが無くても大体同じ時間に目が覚める。

「うーん、さぶっ。まだ寝てたい……、でも起きないと」

暖かいベッドの中からもそもそとはい出て、前日から用意している着替えに素早く着替える。着替えをしてもまだ寒く、部屋に用意されている小さな暖炉に火をつける。

段々と火が大きくなっていく。カインは暖炉の火に手を向けて冷えた手を温めたり、暖炉に背を向けて背中を温めたりを一〇分くらいして漸く人心地付く。

「やっと、体が温まった。早く暖かくならないかな？」

身体が温まると今度はお腹が空いてきた、今日の朝ご飯は何だろうと思いながら食堂に向かった。

「おはようございます、お祖母さま。昨夜は、かなり冷えましたが大丈夫でした？」

食堂にカインが向かうとすでに食事を終えたアイシャが静かに香茶を飲んでいた。

「あら、おはよう、カイン。ありがとう、少し冷えたけど大丈夫だったわ。それより、お休みなのに早起きね？　寒くて目が覚めてしまったの？」

いつもの優しい笑みを浮かべながらアイシャがカインの早起きについて質問してきた。

「あっ!?　忘れていました、いつもの癖で起きてしまいました」

「ふふふっ、あわてん坊さんね。もし良かったら私とおしゃべりしない？　それとも、もう一回寝る？」

「はい、お祖母さまとお話したいです」

「嬉しいわ、朝ご飯を食べ終わったら私の部屋に来てくれるかしら？　お茶を用意しておくわね」

アイシャは、「後でね」と言って食堂を出て言った。

カインは、ゆっくり朝食を食べて部屋に戻り身支度を整える。そして、メイドに頼みアイシャへ部屋に行っても良いか確認をお願いした。しばらくすると、先ほどのメイドさんが戻ってきてアイシャの部屋へ案内してくれた。

アイシャの部屋の扉をノックすると「どうぞ」と中から返事がありメイドさんが扉を開けてくれた。

「お祖母さま、本日はお招きいただきありがとうございます」

カインは定型の挨拶をして入室する。

「いらっしゃい、カイン。さあ、座って。ゆっくりお話ししましょう」

カインが席に着くと部屋付きのメイドさんがお茶を配膳してくれた。「いただきます」と言ってお茶を一口含むととても良い香りが鼻に抜け気持ちが良かった。

「美味しいです、こんなに香りの良い香茶は初めてです」

にっこり微笑みながらお茶の感想を伝えた。

「良かったわ、それは王都から取り寄せたお茶なの。気に入ってもらえてうれしいわ」

アイシャもカインが喜ぶ姿を見て微笑む。

それから、石畳化の状況やシールズ辺境伯領で食べた昼食の話などで盛り上がる。アイシャは終始ニコニコとカインとの会話をうん、うん、と相づちを打ちながら楽しんでくれたようだった。

「あのね、カイン。仕事で忙しいのに申し訳ないんだけど、一つお願いを聞いてもらえないかしら？」

ひと通り近況報告が終わると、アイシャからカインにお願いがあると言われる。

「リディアからカインがサンローゼの屋敷に浴場を作ったと教えてもらったの。それも大勢で入れるほどの大きさの。それでね、我が家にも小さな浴場はあるんだけど屋敷の皆で入れる浴場はなくて……作ってもらえないかしら？」

「はい、もちろん良いですよ。午後にでも執事さん達と話をしてみますね。でもお湯をどうやって作るかを考えないといけないですね。サンローゼ家よりも人数が多いですからね。考えてみます」

一時間程アイシャとのおしゃべりを楽しんだ後、カインはアイシャの部屋を辞した。そして部屋には戻らず、執事室へ向かいアイシャからのお願いについて話をしに行った。

執事室に向かったカインは、アイシャからの要望を第一執事に伝えて対応を話し合った。建設場所は現在屋敷にある浴場に隣接するように作る事が提案された。広さは利用する人が多いので、湯船は五人がゆっくり入れて、洗い場は一五畳くらいになった。

さすがに、優秀な人々が揃っていてすぐに意見が複数出てきて纏まる。お祖父さまは優秀な人材を沢山集めているなと思ったカインだった。

浴場作りは、第三執事のニコライさんが担当に指名された。若手ではあるが今後ウィルが引き継いだ時に第一執事になる為、色々な事を経験中と説明された。夕方までに提案書を作成してお祖父さまに承認を貰うとか。大変だなぁと他人事のように思いながらカインは、自室に戻った。

「さて、夕方まで何をしようかな？　図書室かな？　それとも……新しいお湯を生み出す魔道具を考えるか？」

カインはうんうん、考えながら最終的には魔道具を考えることにした。

今、サンローゼ家で使用している生活魔法の【ホットウォーター】を利用する方法だと、カインがいなくなると成り立たなくなる。それに、銭湯をサンローゼ領内に造る際にも問題になる。先日購入したお湯を沸かす魔道具を解析したが、魔法陣魔法化した時の消費魔力がやはり持ち上がった。

「うーん、何か魔法陣魔法化しても魔力消費を増やさない方法か刻印魔法をそのまま転写する方法を見つけないとなぁ……どうしようかなぁ⁇」

良い解決策が思い浮かばないまま、お昼ご飯の時間になった。あまりお腹が空いてはいなかったが、気分転換の為に食堂に向かった。

食堂に向かうとガーディとバルビッシュがカインを待っていた。

「カイン様、おはようございます。本日の午後はいかがしますか？　午前中のようにお屋敷でゆっくりされますか？」

バルビッシュが午後の予定を聞いてきた。そうだった、午前中は屋敷でゆっくりすると言っていたっけ？

「まだ決めてないんだ、お昼を食べながら考えるね。ガーディ達はもう食べたの?」

ガーディからは、「はい、頂きました」と回答が返って来た。そして、「ごゆっくりお召し上がりください」とも付け加えられた。

シールズ辺境伯家のお昼は、大体サンドウィッチでお祖父さま始め忙しいらしくあまり食堂で家族を見る事はない。今日もカインだけ食堂で食べるみたいだった。

本日のランチは、ハムサンドとタマゴのスープだった。使われていたパンが少し硬めだったが、小麦の良い香りと塩気の利いたハムが美味しいサンドウィッチだ。タマゴのスープも優しい味で、とても美味しかった。

サンドウィッチを食べ終えて、食後の香茶を飲みながら午後の予定を考えるカイン。出した結論は、餅は餅屋という事で先日訪れた魔道具屋に行く事に決めた。それをバルビッシュ達に伝え出発の準備をお願いし自室に着替えに戻った。

天気も良かったので、あえて馬車を使わず徒歩でカイン達は魔道具屋に向かった。あの辺りは少し道幅が狭いので、徒歩の方が早く着くと考えたからだった。しかし、途中曲がる路地を間違え少し迷子になってしまった。それでもなんとかたどり着く事ができた。
相変わらず店先まで、魔道具であふれている。物取りとかに遭ったりしないのだろうか? と考え

ながら店の中に入っていった。

「こんにちは。メリダさん、いらっしゃいますか？」

少し薄暗い店内には、誰もいなくカウンターの後ろに向かってカインは声を掛けた。

しかし、メリダからの返答はなかった。しかし変わって一人の男性が店の奥から現れた。

「いらっしゃい。今メリダは、近くの商店に買い物に出てていないけど……メリダにどんな御用かな？」

そう声を掛けてきたのは、エルフの男性だった。背の高さは、ベンジャミンくらいだが、体はもっと細身。顔も一回り位小さくとてもイケメンだった。髪はグリーンで男性だがポニーテールに結っていた。

「君は、先日もここに来た騎士爵様だね。メリダから話を聞いたよ。本日も魔道具をお探しに？」

そのイケメンのエルフの男性は、とてもフランクにカインへ質問してきた。

「おい、貴様！　カイン様は成人前だが騎士爵位を頂いた貴族だ。初対面でなんだその口調は！」

バルビッシュがカインの前に出て、エルフの男性に向かって強い口調で言い放つ。

「これは、失礼しました。ご容赦ください、つい長年の願いが叶うかと思って先走りました」

エルフの男性は、バルビッシュの反応にすぐに対応し口調を改めた。

「私は、この魔道具屋で修理や魔道具を作製しておりますザインと申します。ご無礼何卒ご容赦願います」

エルフの男性は、ザインと名乗ると片手を前に出し優雅に挨拶をする。

「初めまして、カイン＝サンローゼ＝シャムロックです。シールズ辺境伯様より騎士爵位を頂いていますが、まだ成人前なのでそんなに畏まらなくてもいいですよ」

カインはバルビッシュを「まあまあ」と抑え、にっこりと笑いながら謝罪を受け取り、自らも名乗った。

「本日は、大量のお湯を沸かす事ができて、必要魔力が少ない魔道具か魔力消費を抑える魔道具がないか探しに来ました」

カインが来店の目的をザインに説明をする。

「なかなか、面白い魔道具をお探しですね。しかし、そんなに大量のお湯を何に使われるのですか？」

「そうですよね、気になりますよね。実は浴場のお湯を大量に作りたくて、一回に五〇〇リットルくらい」

カインがお湯を使う目的を話すと、イケメンの顔が崩れるほど目を見開いてびっくりしていた。カイン達はその表情を見て必死に笑いをこらえていた。

「お、お見苦しい所を。戦争とか集団戦とかに使用するとかと予測していたので、使用用途が予想の斜め上だったので……長生きをすると色々な考えの方と出会えて面白いですね」

一瞬にしてイケメンに戻ったザインは、崩れ顔を誤魔化すように呟いた。

「普通は、ビックリしますよね。でも皆で簡単にいつもお風呂に入れれば、衛生面でも精神的にも生活が豊かになると思うのです。でも今サンローゼ家で行っている方法だと他家や領民に広げる事が難しくて」

魔道具を求める理由を正直にカインは説明した。

「分かりました、ぜひご協力させて頂きます。でも技術的に秘匿な事項になるので、誠に言いにくいのですが、それなりの対価を頂きたいのですが？」

「えっと、そんなに多くを支払えませんが……いくらですか？」

カインは恐る恐る値段を確認する。

「いえいえ、貨幣ではなく魔力を頂きたいのです。ある魔道具を起動する為に多くの魔力が必要なのですが、なかなか用意ができなくて。半ばあきらめていた時にカイン様がいらっしゃった」

ザインは目をキラキラとさせながら語った。

「魔力をですか？　そんなに大量の魔力が必要な魔道具なんて、危険な魔道具なのでは？」

カインが怪しみながら、確認をする。

「うーん、使い方によっては危険な魔道具になると思いますが、私はそのような使い方をしたいわけではないですね。ここで誤魔化しても悪くなる一方だと思いますので、実物を見て頂きましょう」

ザインはそう言うと「少々お待ちください」と言い残し店の奥に入っていった。

「カイン様、大丈夫なのですか？　あのエルフ？」

バルビッシュが小声で確認をしてくる。

「今の所大丈夫だと思うけど、僕が魔力の提供を断ったら分からないかな？」

カインはちょっと上を見ながら答える。バルビッシュは「その時は、お任せください」と伝えてきた。

「お待たせしました、こちらの魔道具になります、これは大分昔に作られた物で転移の魔道具です」

ザインが持ってきたのは、短めのワンドで先端にこぶし大の青色をした魔石がはめ込まれていた。

そして、さらっと凄い事を言い放った。

「えっ、転移の魔道具!!　どこが危険じゃないいんですか？　存在自体が危険ですよ！」

カインは思いっきり突っ込む。

「しかし、私は故郷に帰りたいだけなのです。ですから私の使い方は危険ではないです」

ザインはドヤ顔で答える。カインはイケメンのドヤ顔はドヤ顔でもカッコいいと思った。

カインはザインが言っている事が正しいか、解析の眼鏡を掛けて転移の魔道具を確認した。確かに転移の魔道具で勇者や賢者達の時代より昔に作られたようだ。

〜〜〜〜〜〜〜〜〜〜〜〜〜〜〜〜〜〜〜〜〜〜〜〜〜〜〜〜〜〜〜
魔道具名：転移の魔道具
効果：使用者の訪れた場所に移動する事ができる。ただし野外のみ。
使用魔力：距離に比例
起動魔力：一〇〇〇
説明：使用時に使用者の魔力一〇〇〇を消費、移動距離に比例し魔道具内の魔力を消費する。
注意：魔道具内の魔力を使い切ってしまった場合は、魔力一〇〇万を一度にチャージが必要。魔力チャージ者が所持者に変わる。所持者は使用者を三名登録可能。

〜〜〜〜〜〜〜〜〜〜〜〜〜〜〜〜〜〜〜〜〜〜〜〜〜〜〜〜〜〜〜〜〜〜〜〜


「た、確かに転移の魔道具ですが……さすがに。でも僕が所有者になれば……」

カインは数分間熟考をして、結論を出した。

「分かりました、協力しましょう。ただし、僕の用件が終わってからです。それとザインさんの故郷には僕が一緒について行きます。それが条件です」

カインが強い意思を持って条件を伝えた。

ザインは、しばらく上を見たり、下を見たりとしながら長く悩みながら答える。

「分かりました、その代わり魔道具は私が管理します。いかがですか?」

「良いですよ、転移の魔道具の管理はお任せします。そんなレジェンド的な魔道具を僕が持っていたらすぐに王家に献上とかになりかねませんしね」

カインは即答で答えた。『使いたいけど所持なんてしたら毎日心配で眠れないよ』とため息をついた。

それから、カイン達の要望の詳細をザインに伝えお湯を沸かす魔道具の作製をお願いした。一台目は転移の魔道具への魔力チャージでタダとなった。二台目以降は、一台目を作ってからの計算とするとした。

一週間後にシールズ辺境伯の屋敷で検討結果の説明をしに来てもらう事を頼んで店を出た。

「あら、カイン様。また何か魔道具をお求めでしたか？　ザインは、彼は何か失礼をしませんでしたでしょうか？」

店先で戻って来たメリダと出会うと、メリダは心配そうに質問をしてくる。

「はい、大丈夫でしたよ。欲しかった魔道具も作っていただける事になり実りの多い時間でした。また今度ゆっくりお伺いさせていただきます」

カインはメリダを安心させて、また来ますと伝えて別れた。

カインは、ザインとのやり取りを整理する為に魔道具屋から少し離れた、食堂兼酒屋に入る。店員にバルビッシュが説明をして壁側の三人席に案内をしてもらった。

カイン達は果実水を頼み、しばらく待つと店員が持って来て席を離れてから話を始めた。ちなみに、そのまま飲むと温いので、カインが魔法で果実水をこっそり冷やした。

「カイン様、あのような約束をしてよろしかったのですか？　あの魔道具使い方によっては……」

バルビッシュが最後の方を完全には言わずに、心配を指摘する。

「そうです、あの魔道具を使えば色々な犯罪に使用ができてしまいます。カイン様が所有し管理すべき物だと自分は思いました」

いつもは静かなガーディも意見を言ってきた。

「うん、二人の心配はもっともだね。だけどあの魔道具は、表に出さない方が良いと思ったんだ。僕が所有した場合、必ずお祖父さまや父さまへ報告が必要になるからね。そして、最後は王家へ献上しなくてはならなくなる。そうなった場合、もう誰がどのように使うか全く分からなくなると考えたんだ」

　ここまで一気に話した後、乾いた喉を果実水で潤しカインは、話を続ける。

「それに、解析の眼鏡で確認したんだけど。あの魔道具に魔力をチャージすると僕が所持者になって使用者を指定できるんだって。だからザインさんが故郷に行って、またこのシールズ辺境伯領に戻った後に使用者からザインさんを外してしまえば、使えなくなるからと思ってさ」

　カインが転移の魔道具の悪用防止策を説明した。

「そうですね、カイン様が持っていない状態で、ザイン殿が使用できなくしてから管理させれば今までとおなじですね」

　ガーディが感心した目でカインを見ながら言った。

「……カイン様、その方法はザイン殿がシールズ辺境伯領へ戻ってくる前提ですよね？」

　バルビッシュが大丈夫ですか？　と言う表情を浮かべながら指摘をして来た。

「あっ、えーとっ……うん。大丈夫だよ、だって時間を掛ければ遠くても戻る事ができたのに今までしなかったという事は、此処に何か長い時間離れられない理由があったはずだから……」

　カインは、少し挙動不審になりながら、自分をフォローするのであった。

　カイン達が魔道具屋から真直ぐ屋敷に戻ると、玄関先では第三執事のニコライがカイン達を出迎えた。

「カイン様、お帰りなさいませ」

「只今戻りました。ニコライさんがお出迎えなんて、僕に何か用ですか？」

いつもは、メイドさんがお出迎えしてくれるのだが、ニコライが待っていた事を不思議思った。

「はい、急ではありますが浴場の件でお館様のお時間が取れましたので、お戻り直後で申し訳ございませんが、ご足労お願いいたします」

ニコライはビシッと九〇度の礼をした。

「うん、分かりました。一度部屋に戻って着替えるので迎えに来てもらえますか？」

ニコライは「はい」と短く返事をした。

カインは急いで部屋に戻って着替えをした。ちょうどカインが着替え終わる頃に部屋のドアがノックされる。どこかに監視カメラでもあるのかと思うほどピッタリのタイミングだった。


「お祖父さま、失礼しますカインです」

執務室の扉をノックし名乗ると、扉が開き「どうぞ」と返事が返って来た。

「お祖父さま、只今戻りました。本日は、お時間を頂きありがとうございます。浴場建設の許可を頂きたく参りました」

カインが執務机の前まで進み、帰宅の挨拶と面会の理由を説明する。その間にニコライから企画書が配られシールズ辺境伯が内容を確認した。

「ふむ、カインすまんな。アイシャが無理を言った様で、リディアからの手紙を貰ってからしきりに羨ましがっておってのう。儂からもその内にお願いしようと思っていたのじゃ」

シールズ辺境伯がすまなそうな表情で、カインにお願いをして来た。

「大丈夫ですよ。僕もお祖母さまに喜んで頂くのが一番ですから」

「すまんの。内容は全てこの計画書通りで問題なしじゃ」

「ありがとうございます、完成しましたら是非、お背中流させてくださいね」

カインはニッコリと笑い言った。

その後、建設開始日や職人の手配などを話し合い執務室を辞した。建設日時の短縮の為、カインが基礎と浴槽、壁などを作製し屋根や窓などを職人が作る事になった。また、排水関係もカインが担当になった。

カインは、二週間位で完成できそうと思いちょっと安心した。シールズ辺境伯領の滞在もあと一か月くらいなので中々忙しいのだ。

夕食を終えてカインは、部屋に戻ると今後の予定について色々考えていた。うまくまとまらなかったのでペンと羊皮紙を取り出して書き始めた。

「はー、こう書きだしてみると結構やばい状況だという事が分かったなぁ……でもなぜこうなった？」

そこには、これからやらないといけない事が〝見える化〟されていた。

①領内の道を石畳化する
②橋を架ける

③ショートケーキの作り方を伝える
④浴場を作る
⑤ザインの故郷に行く

「石畳化をあまり忙しくしないで、ゆっくりシールズ辺境伯領での滞在を楽しむはずだったんだけど……まあ、頑張って全部できれば領民に喜んでもらえそうだし踏ん張るかな？」

カインは持っているペンで頭をかきながら呟く。

「うーん、でもスケジュールを立てるのは苦手なんだよね。どうしよう？　……こんな時は皆に頼ろう！　よし、明日の作業後にでも相談だね。はぁー、明日も早いし寝よう」

問題を棚上げしてスッキリしたせいか、眠気が襲ってきたのでカインはベッドにもぐりこんだ。

「今日も、作業終了っと。ドートンさん、皆さんお疲れ様でした」

「「「お疲れ様でした！」」」

カインが作業終わりの挨拶をすると参加者から元気よく返答が返って来た。

「カイン様、本日はこの後いかがしますか？　今日も少し早く終わりましたので、雑貨店等見て回りますか？」

ドートンが気を使って声を掛けてくれた。

「ありがとうございます、ドートンさん。でも、今日は今後の事を話し合いたいのでまたの機会でお願いします」

ドートンは、「畏まりました。次は必ず」と言って別れた。


カイン達は帰宅の報告をした後、カインの部屋に集合した。今日はバルビッシュ、ガーディだけではなくララも参加していた。

「みんな、忙しい所ありがとう。ちょっと今後の事について相談したくて、集まってもらいました」

テーブルの上に昨夜作成したやる事リストの羊皮紙を広げた。

バルビッシュとガーディはいつもカインと一緒に行動をしている為、大体内容を把握しているがララは屋敷の外へはほぼ出ていないので今日までの経緯を説明した。

「カイン様、少しは自重してください。これではリディア様がご心配された通りではないですか」

ララは少しため息をつき、こめかみを押さえながら呟く。

「いや、ララ。これはね……うん、ごめんなさい」

「しょうがなかった」と言いたいのを飲み込み、カインは謝罪をした。

「ララ、カイン様が全部悪いとは言い切れないと俺は思う。アイシャ様の為に魔道具を求めた結果だからな。もし叱責されるのであれば、その場にいて諫めなかった自分に責任がある」

バルビッシュが下を向いたカインを見つめながら、カインをフォローした。その横でガーディも下を向きながら「自分も」と呟いた。

「私こそ申し訳ございません、皆様はその時最善と思われる方策を取られたのだと思います」

ララが席を立ち頭を下げた。

「ララ、バルビッシュ、ガーディありがとう。僕はみんなが仲間でとても嬉しい、これからも僕を支えて欲しい」

カインがみんなへお礼を言った。「「「はい」」」とみんなが短く返事をした。

それから、優先順位と重要度などを話し合い決めた方策は、滞在をもう二週間延ばすという事になった。それと、ザインの転移の魔道具についてはザインを送る日までにもう一度話し合い報告するかを決める事にした。

最初は、報告しないとしたが万が一移動先から戻ってこれなかった場合、大変な心配をかける事になるからだ。「まあ、報連相は大事だよね」とみんなで考えたからだった。

そして、次のように対応をする事になった。

①領内の道を石畳化する
石畳化については、今の予定通り進める。
②浴場を作る
ザインの魔道具ができるまでに浴場の建屋を立ててしまい時間短縮をする。日々の石畳化の後に対応すればカインが担当の部分については終わる見込みだ。

③ショートケーキの作り方を伝える
これは、次の休みの日を利用して実施することにした。それまでにララにシールズ辺境家の料理長に材料を集めてもらう事にした。ホイップクリーム用のミルクの手配が間に合う事を祈るだけだ。
④橋を架ける
橋の建設が一番大変な為、一度視察に行く事をウィルに提案する事になった。現場に行って必要な物などがあった場合に時間のロスになると思ったからだ。次の休みの前日の作業を少し前倒しして対応をする事にした。その辺の調整はバルビッシュに一任した。
⑤ザインの故郷に行く
ザインの故郷に行くのは　橋の建設の前後に休みを貰っていくことにした。シールズ伯爵領での仕事が全部終わってからだと、ザインの故郷へ行くのが遅くなるからだ。
問題が整理されるとやる事が分かり安心感が生まれる。会議が始まる前よりも不安が無くなりカインの表情も良くなった。それに気づいたバルビッシュ達は安心するのだった。

打ち合わせから三日後、カインはアイシャの要望をふんだんに盛り込んだ浴場の模型を作製した。
その模型を元に建設を開始する。

大きさはサンローゼ領家よりも二倍くらい大きくなり、女性風呂の方が男性風呂より一・五倍くらい大きくなった。また、脱衣所も大きくし湯上りに休憩が取れる場所も作った。

当初の予算を大きく超えるかと思われたが、カインが屋根や窓以外を【土魔法】で作る事で抑える事ができた。それとシールズ辺境伯が、アイシャが喜ぶならとお小遣いから追加の予算を出し、脱衣所に追加した休憩所の家具なども結構良くなる予定だ。

「それでは、整地をするので先ほど引いた線の中には入らないでくださいね」

カインが建設に集まった人々に声を掛ける。周囲の人が線を引いた部分から三歩ほど下がったのを見てカインは魔法を使った。

「【アースディグ】からの【アースプレス】そして――【ストーンウォール】」

カインが魔法を唱えると線の内側の土がボコボコ耕されていき、耕された土が圧縮され元の土の高さより五〇cmほど凹む。最後に土台になる枠が凹んだ地面から伸びてきて浴場の基礎を造った。

見学者からは、「おおぉ」と歓声が上がる。その歓声に気分を良くしたカインは、そのまま次の【魔法】を唱え始める。カインの場合呪文を唱える必要はあまりないのだが、『演出も必要だよね』と少し調子に乗ってしまった。

そして【クリエイトハウス】を唱えると屋根と窓以外の浴場が完成した。完成した浴場を見て、「よしっ」と言葉を発しカインは、ドヤ顔で見学者の方に振り返る。

そこには、大きく目を見開き、そして口を開けた大人達がたたずんでいた。その横には、目を瞑り頭を振っているバルビッシュ、ガーディ、ララの姿があった。

――あれ？　やりすぎちゃった？　と固まるカインだった。

ちょっとやりすぎてしまった感があった浴場建設初日、――自重が必要かなぁ？　とカインは一瞬考えたが固まっていたギャラリーから感嘆の大きな声が上がり気分がよくなり自重を放り投げた。初日は外側だけの予定だったが、そのまま内側まで作り上げてしまった。

床や壁も掃除がしやすいように大きめなタイル張りにし、浴槽は二㎝×二㎝の細かいタイル張りの浴槽に仕上げた。そして排水管も同時に作製し、予定していた下水道の場所に接続まで一日で行ってしまった。

屋根や窓以外をほぼ仕上げてドヤ顔で振り返ると今まで感嘆を上げ、褒め称えていた職人達の顔が引きつっていた。『やっべ、今度こそやりすぎた』とカインは思いすかさずフォローに入る。

「ちょっと頑張りすぎちゃいました！　てへぺろ。でもお祖母さまを驚かせたかったんだよ……」

カインは下を向きながら呟いた後、おもむろに走り出しその場から逃げ出した。

カインは、呼び止める声を無視してそのまま自室まで逃げ帰った。部屋の扉を閉めるとそのままベッド中に潜り込み、枕に顔をうずめ叫ぶ。

「やっちゃったぁーー、最近石畳化の作業でフラストレーションが溜まっていたから、久しぶりにいっぱい褒められたからぁーー」

しばらくすると、バルビッシュ達がカインを追いかけて部屋の扉をノックし心配そうな声で問いかけてきた。

「カイン様、カイン様、いらっしゃいますか？」

と言いながらバルビッシュ達が部屋に入ってきた。そして、ベッドの横に移動してくる。

「カイン様、大丈夫ですよ。皆様、最初は驚かれていましたがすぐに称賛されていましたよ」

ララが優しい声でカインに声を掛ける。

「そうですよ、カイン様。みんな、少しビックリしただけですから」

ガーディも心配しているのがすごく伝わってくる優しい声で言う。

「……まったく、カイン様!!　早くベッドから出てこないと叩きだしますよ！」

バルビッシュが少し声を荒げて言う。

「それにお前達もカイン様に甘すぎる。そんなんではカイン様を守る事はできないぞ」

バルビッシュはカインだけではなく、ララとガーディも叱責した。

「なんで、僕を心配してくれたララとガーディを叱るんだよっ！」

カインはベッドから飛び起き、ララ達を叱ったバルビッシュにかみついた。自分のせいで誰かが叱られているのが我慢ならなかったからだ。

「ふぅ、それだけ元気なら大丈夫ですね。ちょっと落ち着いて話しましょうか、ララお茶を入れてくれ？」

バルビッシュが飛び起きたカインを見て、小さなため息をついた後安心した声でララに指示を出した。

出鼻を挫かれたカインはキョトンとした後、そのまま静かにソファーに座る。その間にバルビッシュはカインの隣に、ガーディは対面に座った。ララがお茶を配膳した後、ガーディの隣に座る。

「カイン様、先程は声を荒げて申し訳ございません」

「う、うん」

「でも覚えておいてください、カイン様は成人前と言え貴族の一員です。今後は決して明らかに失敗をしたからと言っても、その場を逃げ出すような事はしてはなりません」

バルビッシュが身体ごとカインの方を向き目を真っ直ぐ見ながら注意をする。

「う、うん」

「カイン様はこれからもっと色々な事を行い、領民の生活を向上させ笑顔にされたいのですよね？でも、失敗から逃げ出すような人物を平民は慕うでしょうか？　そして、他の貴族の方々は信用されますでしょうか？」

「……誰も慕わないし、信用も無くすと思う」

「その通りです、素晴らしい。やはりカイン様は生涯を賭けて仕えるに値する素晴らしい主です」

「そ、そうかな？」

「はい、成人前の方が部下から叱責され、それを素直に受け入れる事は殆どありませんからね。今回の事で分かりました。カイン様に自重を求めるのは難しいと」

「えっ、それはちょっとひどくない？」

カインが少しむくれる。

「いえいえ、ご気分を悪くされたらすみません。良い意味で言ったのです、その素晴らしい才能を無理やり抑え込むのではなく遺憾なく発揮して頂こうと思っただけです」

それを聞いて、ガーディもララもうなずいている。

「えっ、じゃあ。自由でいいって事？　えへへ、やったね。これで……」

カインが妄想に浸ろうとしていると、バルビッシュが真剣な表情で言う。

「カイン様、自由とは無責任とは異なります。そこをはき違えないようにしてください。あと、必ずこれだけは守ってください。何かをする前に私達に一言連絡をお願いします」

カインは「ありがとう！　よろしくね」とにっこり笑いお礼を言った。

バルビッシュ達とはとてもいい感じで纏まったが、カイン達はシールズ辺境伯に呼び出され少しきつ目のお小言を小一時間程もらったのだった。カイン達よりバルビッシュ達の方がヘトヘトになって前世で読んだ漫画のように片目に線が何本も書かれているように見えた。

——みんなの為に少しは自重しようかなと思ったカインだった。

❖❖❖

次の日、カインは恐る恐る現場に向かい遠目に建設現場を覗きに行った。あまりにも常識を逸脱する事をしてしまったので、屋根や窓を作る職人達のモチベーションが下がっていないか心配したのだ。

カインが意を決して作業現場を覗くとそこは、指示や返事の声が響きとても活気に満ちていた。カインがぽかんとしながら見ていると、現場監督がカインに気付き挨拶をして来た。

「あ、カイン様。おはようございます！　おい、お前ら」

カインに大きな声で挨拶をした現場監督は、作業員達に声を掛ける。声を掛けられた作業員達もカインに気付き大きな声で挨拶をして来た。

「「「おはようございます!!!」」」

「おはようございますっ！」

カインも最初吃驚したが、元気に挨拶を返した。

「皆さん、朝から気合が入ってますね？」

カインが率直な質問をしてみた。

「もちろんですよ！　昨日凄い物を見せて頂きましたからね。みんな気合が入って朝からこの調子です」

現場監督は嬉しそうに作業員達の様子を語った。

カインは「そうですか」となるべく冷静に返事をした。その後も「怪我しないように気を付けてください」と伝えて自分も仕事に向かった。その日の作業は、いつもより気合を入れて行ったのだった。

数日後、予定よりも大分早く浴場の建物が出来上がった。予定よりも三日くらい早く出来上がった。作業員達のモチベーションがすごく、作業スピードが通常の一・五倍くらいだった。後は魔法で作った建物を見たいという他の作業員達が大勢集まった為だった。

今日の午後に浴場のメインであるお湯を作る魔法具を設置する日となった。ザインからは一昨日連絡があり作業の調整をしてもらい、午前中に終わるように予定を変えてもらって何とか時間を空けた。

カイン達が昼食を食べて屋敷に戻ってくるとすでにザインが待っていた。カインは作業用の服装から、屋敷での洋服に着替えて客間に向かった。客間の扉を開けると物おじせずソファーに座るザインがいた。

「待たせてごめんね、ザイン。もうお昼ご飯は食べた？」

カインがザインに近づきながら声を掛ける。

「お帰りなさいませ、カイン様。お気になさらないでください、逆に早く来すぎてしまい申し訳ございません。昼食は早めに済ませてきました」

ザインが爽やかに笑顔で返答する。

「それじゃ、早速現場に移動しようか。建物はすでに出来上がっているんだ」

そう言いながら、皆で現場に移動を開始する。

「もう完成しているのですか？　随分と早くできたんですね？」

カインは「ははっ」と誤魔化しながらザインを案内する。

ザインは、浴場の建物を見て「これは……」と呟き一瞬驚いていたが、「魔道具はどちらに設置すればいいですか?」とザインはすぐに切り替え案内をお願いしてきた。

「ここに、お湯を作る魔道具を設置して欲しいです」

カインは、ザインを浴場の裏の部屋に案内した。

「ここから男湯と女湯にこの管を使って供給したいので、この場所に設置ができればと考えています」

カインは、地面に大体の設置場所の線を描いた。ザインはカバンから一枚の木板を取り出し魔道具の説明を始めた。木板には直径三mの円柱形の物体が描かれていて、色々な説明書きがぎっしりだった。

「この魔道具は、火属性の魔石と魔力供給用の魔石を使う今までにない魔道具になっています」

ザインは瞳をキラキラさせながら説明を始める。

要約すると中空の円柱形のボイラーのような物の中に、火属性の魔石を設置し、それを核にして外部に置いた魔力供給用の魔石から魔力を供給して中に入れた水を温める形式と説明された。

カインが買ったお湯を沸かす鍋の魔道具に似ているが、火属性の魔石を核にする事でお湯を沸かす時間を短縮できるとの説明だった。カインは——ふーん、電気湯沸かし器みたいな感じかな? とか思いながら聞いていた。

「でも、火属性の魔石などあまり手に入らないのでは?」

横で聞いていたバルビッシュがザインに質問する。

「普通ならそうですね、でもそこはカイン様に協力いただき作製したいと思います」

「まさか、属性魔石を作り出せるというのか⁉」

バルビッシュが目を大きく見開き吃驚している。それを見てザインは「シー」とウィンクしながらジェスチャーをした。

イケメンエルフのウィンク付き秘密ポーズを『イケメンは、得だな』と思いながらカインが説明を聞いているとバックからA3サイズ位の石板をザインが取り出した。

「さぁ、実際に見て頂いた方が説明を省けるのでこれから実際に火の属性魔石を作ります」

ザインは取り出した石板を近くの作業台に乗せ、バッグから三つほどの魔石を取り出して石板に載せた。

石板には、六芒星の魔法陣とその周辺に魔法文字がびっしりと描かれていた。六芒星の真ん中に取り出した魔石を一つ置き残りの二つの魔石を石板の右上のくぼみに置いた。

「さて、カイン様申し訳ございませんが魔法陣の左右に書かれている円の上に手を置いてください。これから中央の魔石を火の属性魔石に変えますので、魔力の供給をお願いします。大体五万MPくらい供給をお願いしたいのですが、宜しいですよね？」

ザインは大事な事を聞き忘れたと言う表情で確認をして来た。

「うん、それくらいなら全然大丈夫。それ以上でも良いけど？」

「ありがとうございます、中央の魔石が真紅に染まるまで手を外さないようにお願いします」

ザインはカインが頷くのを確認し呪文を唱え始めた。呪文を唱え始めると同時に石板がほのかに光り出し、石板に描かれている魔法陣や魔法文字が順々に光り始める。

ザインの呪文が終わる頃には石板上は光に満ちていた。カインが両手より『魔力が吸い出されているなぁ』と感じ始めると中央の魔石が段々と真紅に染まり始め、魔石が真紅に染まると石板の光りが消えた。

「成功です、カイン様。火の属性魔石の出来上がりです」

「へぇー、すごく簡単にできるんだね。僕もこの石板欲しいなぁ？」

火の属性魔石を手に取りながらカインが呟く。

カインのその言葉を聞いたバルビッシュ達が固まり、ゆっくりとカインを見つめた。

——えっ、えっ？　僕何か変なこと言ったかな？

「えっ？　何？」

「ぷっ、あはははは。さすがカイン様です、そのギャップが周りを引き付けて離さないのでしょうね」

「あ、ありがとう？　何か変な事言ったかな？」

最後は自分に問うようにカインが呟くと、バルビッシュがサッ近づき「後程ご説明しますので、此処はお静かに願います」と伝えてきた。

カインは？マークを頭に浮かべながら「うん」と短く返事をした。その後、ザインの案内に従い残り二つの火の属性魔石を作製した。

「次にお湯を作る容器を作製して頂きたいと思います。最初は私が作製しようと思いましたがカイン様の方がより良い物ができるとおもいますので。お願いできますか？」

ザインが、設計図を片手にボイラーを作る事を依頼してきた。

「うん、良いよ。ここに作ればいいかな？　蓋はどうすればいい？」

「蓋は無しでお願いします、後程中に入っての作業がありますので。このぐらいの大きさで高さ二・五ｍくらいでお願いします。ああ、下から五〇㎝位は埋めて頂けますか？」

「良いけど、何で？　あ、そうか！　できたお湯を流すための高さが必要なんだね」

ザインが「ご名答です」とにっこりと笑いながら言った。カインは気分が良くなりニコニコ顔で注文通りのサイズのボイラーを土魔法で作り出した。

「このくらいでいいかな？　一応中は【アースプレス】で固めておいたけど大丈夫かな？」

「ありがとうございます、問題ありません。この後ミスリルでコーティングして【刻印魔法】を刻みますので。それから、此処からは秘匿の作業になりますので私が出てくるまで覗かないようにお願いします」

そう説明するとザインはバッグを担いでボイラーをよじ登り中に入っていった。

ザインがボイラーの中で作業を行い小一時間程で漸く出てきた。途中呪文を唱える声や発光がしたり、何かを削る音などがしていた。

「お待たせしました、一応完成です。カイン様最後に、此処にお湯を排出する穴を開けて頂けますか？」

「うん、了解。どうせなら配管も併せて作って浴槽につなげちゃうね」

カインはザインが指示した場所に【デリート】でボイラーに穴を開け、【クリエイトクレイ】でお湯を供給する配管を作製した。

カインが配管を繋げている間に、ザインは操作盤をボイラーの壁面に設置し終わり、ボイラーの作製が終了した。操作盤はかなり簡易な作りでサイズはA4用紙くらいのサイズで、温度設定は低温（四五度）と高温（一〇〇度）の二段階の設定。ボイラー作動用の魔石を縦に五つ並べる仕様だ。

高温でボイラー満タンの水を沸かす場合は、三〇〇MPで三分程で出来上がる。男女の浴場を満タンにするには五回程沸かす必要があるが、それでも今までにかかっていた時間と費用に比べれば大分節約ができていると思っている。

一つだけ難点なのが、ボイラー内に設置した火の属性魔石は半年毎に交換が必要であった。それを聞いたカインはまあ、半年に一回だから交換時にまたくればいいかとあまり深く考えなかった。

「ザインありがとうね。これでやっとお祖母さまに喜んでもらえるよ」

嬉しくなったカインは、ザインの手を握って上下にブンブン振った。ザインがちょっと痛そうにしていたのはのは気のせいだと思うことにした。

作業が終わるとお昼を大分過ぎていたので、屋敷の食堂でザインの分の昼食も作ってもらい一緒に食べた。お昼の時間は終わっていたので、タマゴハムサンドとスープだけだったがザインはマヨネーズをとても美味しいと喜んでいた。

昼食から戻るとメイド達が浴場の大掃除を実施していて、この分であれば今夜から使用する事ができそうだった。

「ザイン、もう一つお願いがあるんだけど。良いかな？」

「なんです？　あと、二つ、三つくらいならご要望をお聞きしますよ」

「えっ？　そんなに？　い、いや、一つだけでいいんだけど。この魔道湯沸かし器の使い方を執事とメイド達に教えてもらいたいんだ。この魔道具を実際に操作するのは、彼らだからね」

「そのくらいでしたら、問題ないですよ。うちの魔道具店では、販売後の修理等も含めての販売になりますから」

ザインが営業スマイルを浮かべながら返事をする。

「へー、ありがとう。でも修理とかもしているんだね、壊れたら買い直しになるのかと思ったよ」

「修理するのは、私が作製した魔道具だけですけどね。良い物は長く使ってもらいたいですからね、それに魔石などは消耗品ですので修理や点検のついでに、うちの魔道具屋から購入してもらえば売り上げにもなりますしね」

カインは――へぇー、カスタマーサポートみたいだと思いながら聞いていた。

「あっ、でも、魔石への魔力充填は別に魔力充填の魔道具のお買い上げが必要ですけどね」

「上手い商売するね」

カインは素直にザインをほめるのだった。

その後、ザインがボイラーの操作方法をメイド達に説明をして、その後ろで執事達がメモを取っていた。なんでも後でマニュアルを作るのだそうだ。

三回も試運転を実施して、ザインが帰る頃には夕方になっていた。試運転の隣で浴場で使用する道具なども運び込まれ、いつの間にかいつでもお湯が満たされれば入れる準備が整っていた。

「カイーーン!! 浴場が出来上がったんですって?」

カイン達がボイラーの最後の操作確認をしていると、アイシャが何処から聞きつけたのか満面の笑みを浮かべながらボイラー室に入ってきた。

「あ、お祖母さま! えっと、まだ完全ではないですがお湯を入れれば入れる所まで準備ができましたよ」

カインがそう言いながらメイド達を見ると、メイド達もうんうんと頷いていた。

「あっ、そ、そうなの……まだ今日は入れないのね……。無理して作ってもらっているからもう少し我慢するわ。カイン、本当にありがとう」

アイシャが少し寂し気な笑顔でお礼を言ってきた。

「そんな、お祖母さま、僕が好きでやっている事なので気になされないでください。それよりも……」

カインは寂しそうにしているアイシャを見る。そして周りのメイド達を見るとみんな、懇願するように手を組みカインを見つめていた。

「あの、お祖母さま。ほぼ完成しているので、女性風呂だけでしたら今夜からでも大丈夫だと思います。それでも良いでしょうか？」

「えっ？　本当、カイン!?　今夜は女性だけで十分よ、ああ嬉しい！」

アイシャは、カインを抱きしめながら喜んだ。まわりのメイド達や執事達もうんうんとうなずきながらカイン達を見つめていた。お祖母さまは、みんなに慕われていると嬉しくなるカインだった。


今夜からの女性風呂利用の為、メイド達と執事達が物凄くテキパキ働いていた。見る見るうちに足りなかった石鹸や備品などが並べられて、入浴の準備がどんどん整っていった。

カイン達もボイラーに水を入れたり、次の水を樽に用意したりと手伝った。小一時間ぐらいで用意が整い、後の事はメイド達に任せて浴場から退出した。

「ザインさん、今日は朝からありがとう。お祖母さまにとても喜んでもらって嬉しかった。あの魔道湯沸かし器だけど、サンローゼ領にも持って帰りたいけどできるかな？」

「そうですね、こちらで制作して馬車で運べば可能かもしれませんが……輸送中の破損などを考えると私が出向いた方が良いかと思います。それにカイン様が生活されている街を見てみたいですし」

「えっ、本当！　すごい嬉しい！　ぜひ、サンローゼ領街に来て！」

ザインは「ありがとうございます」と恭しく礼をする。

「あ、でもザインの故郷に戻ってからだね。だから、あまり急がなくても良いからね。それまでに販売の見積もりもお願いね」

畏まりましたとザインが応えた。

カインが夕食の時間に食堂に行き他の家族が来るのを香茶を頂きながら待っていた。しかし、今夜はいつもと異なり男性陣だけの食事となった。

「カイン、アイシャが無理を言った様ですまんな」

シールズ辺境伯が夕食を食べながら話を振ってきた。

「そんな、とんでもない。お祖母さまに喜んで頂けたので少しも苦ではないです。いつも優しくして頂いている恩返しです」

カインは首を横にブンブン振りながら答えた。

「孫にそこまで言ってもらえるアイシャは幸せ者じゃな。久しぶりにあんなに毎日浴場の完成をソワソワしながら楽しみにしている姿を見れて儂は楽しかった。儂からも改めて礼を言うぞ、カイン。ありがとう」

シールズ辺境伯がゆっくり頭を下げて感謝を述べた。他の男性陣もとてもニコニコしながら見守っていた。

カイン達の夕食が終わり、食後の香茶を飲んでいるとアイシャ達が濡れ髪をアップにして食堂に入ってきた。三人共とてもスッキリした表情をしていた。

「あなた、食事の時間に遅れすみません」

アイシャがシールズ辺境伯の隣にすぐに向かい謝罪をする。シールズ辺境伯は小さな声で「かまわぬ、ゆっくりできたか？」と会話をしていた。

そして、カインに気付いたアイシャが席に近づいてきて「ありがとう」と言いながらハグをして来た。急な事だったので少しビックリしたが、「どういたしまして」と言いながらハグをし返す。

そんな二人の様子を見て、ディアナとビバリーが近づいてきた。

「カイン君、ありがとう。浴場とても良かったわ。肌もすべすべで、髪もいつもより艶がでて凄いわ。本当にありがとう」

ディアナが興奮しながら浴場を利用した感想を言ってきた。カインは「喜んで頂いて良かったです」とにっこり微笑みながら返事をした。

それから、シールズ辺境伯を始め男性陣は先に食堂から退出する。食堂からは女性陣の楽し気な話声が聞こえてきていた。

カインは自室に戻り、やる事リストの浴場作製を線で消した。

「ふー、やっと一つ終わったね。でも、お祖母さまがあんなに喜んでくれるとは思わなかったなー、早くサンローゼ領のみんなにも味わわせてあげたいな」

笑顔でお風呂屋さんから出てくる領民達を想像してにんまりするカインであった。

「ささて、次の難題は橋の建設かな？　明日から少しずつ模型とか作り始めるかな……それとも既存の橋を勉強してからの方がいいかな？」

カインはゴロゴロとベッドの上を転がりながら、明日からの事を考えていた。

浴場の完成から四日後、漸くすべての備品や警備の準備が整い男性用の浴場も使えるようになった。すでに小さいながらも浴場があった為、シールズ辺境伯に入り方などの説明は必要なかったが、そこはコミュニケーションを取る為、カインは一緒に入って背中を流したりした。

シールズ辺境伯の背中は、ルークより小さく感じたがそれでもがっしりとしてカッコイイ背中だった。右の腰の上に結構大きな傷があったのでカインが尋ねてみると、なんでも若い頃にやんちゃをして剣がお腹の方から貫通した傷だった。

お腹の方も見せてもらったが、結構な大きさでカインはびっくりした。シールズ辺境伯は、「がははっ」と豪快に笑ってごまかしていたが、いったいどんなやんちゃをすれば、お腹を貫通する程の傷を負うのやら？　とカインは思った。

「カイン様、髪を乾かしますね」

ララがお風呂上がりの濡れた髪を優しく乾かしてくれた。

「ララ。いつも、ありがとうね」

カインが髪を乾かしてもらいながら、お礼を言う。

「いいえ。これも仕事ですし、それにカイン様の御髪はとても柔らかく気持ちがいいですよ」

ララが「ふふっ」と微笑みながら髪を乾かしつづけた。

「カイン様、そういえば先ほど料理長から明後日には、材料が揃いますと連絡がありました」

「んんっ？　あ、あっそうか！　やったぁーこれでケーキが作れる!!」

カインは足をぶらぶらさせながら、どんなケーキを作ろうか妄想した。

エピローグ

調理場には普段いるはずのないメンバーが、料理人から借りたエプロンを付けてこれから始めるケーキ作りを今か、今かと待っていた。

「はい、それではケーキ作りを始めます。本日の夕食後のデザートで食べてもらいたいので頑張って作りましょう！」

カインは、エプロンをして少し落ち着きのない、シールズ辺境伯、ウィルとジョディーを見て元気に声を掛けた。

すでに、スポンジケーキは料理人達が作っているので、まずシールズ辺境伯達が行う事はホイップクリーム作りだった。それぞれサポートに入っている料理人達に聞きながら、一斉にボールの中の生クリームをかき回し始めた。

この生クリームが中々手に入らなく時間がかかってしまった。一応シールズ辺境伯領にもミルクはあったのだが、他の街でしか生産していなかったので今回わざわざモウモウ（カウカウブルを家畜化した魔物）を移動させてきたのだ。

「ううむ、なかなか根気のいる作業じゃの」

器用にリズムよく生クリームをかき回しながら、シールズ辺境伯がカインに聞いてきた。

「お祖父さま、とてもお上手ですよ。そのまま続けて〝ツノ〟が立つまで続けてください。その時にケーキを食べてもらう方への感謝の気持ちを込めるとより美味しくなりますよ」

カインがシールズ辺境伯にしたアドバイスを横耳に聞いていたウィルとジョディーがより丁寧にスピードを上げてかき回し始めた。

「はい、それくらいで大丈夫なので止めてください。次の工程に移る前に、作ったホイップクリームを味見してみましょう」

腕を揉みながら少し憂鬱そうな表情をしていた三人が、嬉しそうに一匙生クリームをすくって口に運ぶ。

「「「旨い!!」」」

三人の声が重なり一斉にカインの方を向いた。カインはニッコリと微笑み返す。

「それは、良かったです。次はスポンジケーキに塗っていきましょう！　少し多目でも良いので丁寧に塗ってくださいね。ケーキは見た目も大事ですからね」

ジョディーがそれを聞いて、先程よりもゆっくり丁寧に塗り始めた。シールズ辺境伯は、少し波打っていたが器用に塗っている。一番うまかったのがウィルで料理人顔負けの均一さで生クリームを塗っていた。

「ウィル伯父さま、上手ですね。ディアナ伯母さまも喜ばれますよ」

「そうか？　意外と楽しいものだな。ありがとう、カイン」

キラキラなエフェクトが見えるくらい素敵な笑顔をしていた。

サンローゼ領では、それぞれ異なった果物で作った。しかし今回美味しいストロベリーが手に入ったのでみんな同じでストロベリーケーキにした。でも、地球で食べていたストロベリーよりも酸味が強かったので、料理長と相談してストロベリージャムを作りストロベリーと一緒に挟む事にした。

試作ではこの組み合わせがとても合い、とても美味しかったのだ。その後もう一段スポンジケーキを重ね、生クリームを塗り三つのストロベリーをのせて完成させた。それぞれ二人で分けて食べる事にしたので女性陣に二つのストロベリーが行くように、後で切り分けてもらうように説明した。

「お祖父さま、ウィル伯父さま、ジョディーさん。お疲れ様でした、とても美味しそうです。後は、それぞれ食べてもらう時にご自身で切り分けてあげてくださいね。その際は必ず感謝の言葉を添えてくださいね」

三人が苦笑いをしながらそれぞれ返事をした。お祖父さまが照れている姿がとても印象的だった。

「して、カインよ。カインが作っているその大きなケーキはどうするのじゃ？」

お祖父さまが、カインの目の前にある巨大な四角いケーキを見ながら質問をして来た。

「はい、こちらは屋敷のメイド達への感謝のしるしです。お祖母さま達の分よりは少し小さくなりますが、お裾分けです」

「それは、皆喜ぶな。ありがとう、カイン」

カインは「いえいえ」と言いながら、褒められて喜んだ。


ケーキ作りを行った夕食は、家族全員で食事をしたが男性陣も女性陣もなぜだかソワソワしていた。

カインは何か落ち着かないなと思いながら、夕食を取っていた。

夕食の途中、シールズ辺境伯が今夜のデザートは各自の部屋でゆっくり食べる事を提案すると皆、驚いていたが少しソワソワが落ち着いた。

夕食を食べ終えたカインは、確かに、家族の前じゃ甘々な時間を過ごすのは難しいからなぁと思いながら皆を見送って自室へ戻る。

「ただいまぁー、みんなお待たせ。ララ、早速ケーキ食べよう！」

自室に戻ったカインは、部屋の中で待っていたララ、ガーディ、バルビッシュに元気に声を掛ける。

ララが「はい」と小さく応え四つのケーキを取り分けてテーブルに並べる。その後香茶を用意したカップに注ぐ。

「あっ、ララ。この丸いのはララのだから」

カインは、カインの前に配膳された直径一五㎝位の丸形のケーキをララの前のケーキと取り換えた。

「え、カイン様。私はそちらの小さい方で十分でございます」

ララは取り換えられたケーキを戻そうとする。

「いいの、いいの。これは、ララへの日頃のお礼だから。楽しんで、さぁ食べよう」

「「「いただきます」」」

カインはフォークでケーキを切り分けて、口に運んだ。

「「「美味しい（です）」」」

全員の声がハモった。

「サンローゼ領で作った時より甘いね。あの時も美味しかったけど、ちょっと甘みが足りなかったんだね。今回お祖父さまが材料を用意してくれたから、砂糖を少し多めに使ったんだよね」

パクパクと夢中でケーキを食べる三人を見ながらカインが呟く。

ケーキを食べながら今後の事を相談しようと思ったが、三人が食べ終わるのを待つ事にしてカインもケーキを楽しんだ。ストロベリージャムとストロベリーの甘さと酸味が生クリームと一緒に食べるととても美味しかった。次はアリス姉さまにも食べさせてあげようと思うカインだった。

「さて、みんなケーキは楽しめたかな？　ちょっと、今後の事について相談なんだけどいいかな？」

三人がケーキを食べ終わり、落ち着くのを見計らってカインが切り出す。

「カイン様、ありがとうございました。とても美味しかったです、これからも誠心誠意、お仕えさせていただきます」

ララがソファーからスッと立ち上がり深々と礼をしながら言う。それに続きバルビッシュとガーディも立ち上がり礼をする。

「そんな、大げさだよ。でも、こちらこそお願いね。さ、座って」

「「「はい」」」といって三人が座り、話の続きを始める。

「ウィル伯父さまからの依頼の橋の建設は、何となくイメージできたから、そろそろザインを故郷に送る為にお休みのお願いをしたいんだけど。何日くらい必要かな？」

「そうですね、転移して直ぐに帰って来る事ができればよいですが、それができない場合二日くらいは此方に戻ってこれない事を想定しておいた方が良いかと思います」

バルビッシュが難しい表情をしながら言った。

「そう言っても、あの魔道具の存在をカイン様は公にはされたくないのですよね？」

ガーディが心配そうにカインに質問をする。

「そうなんだよねー、隠すのも心苦しいんだけどいきなり報告するのもねぇ。うーん、どうしようかなぁ……」

「しかし、いつまでも存在を隠すのは、後になって知られた場合に問題になりますが」

バルビッシュが当然の事を指摘する。

「うーん、そうだよね。困ったなぁ……」

「カイン様？　カイン様は、何をご心配されているのですか？」

今迄静かに話を聞いていたララが優しく質問をして来た。

「心配、うん、心配事はね。膨大な魔力が必要だけれど、一瞬にして多人数を移動させる事ができるからね。良い事にも悪い事にも使えるから、お祖父さまは当然陛下に報告するでしょう。そうすると陛下やその周りの人達が魔道具を欲しがると思うんだ。でね、僕が持っていたらザインの物だと言っても献上や確認をさせろと言ってきそうなんだよね。と、言っても、使用できる状態でザインに預けておくのもとても心配でさぁ……」

その後も話し合いを続け、今回の対応を決めた。やはり魔道具の事は隠しザインを送る。ザインの故郷の様子を見て魔道具を誰が管理するかを決める。なぜなら魔道具の魔法的な所有者は現在カインの為、カイン以外には使用できないようにして魔道具を預けてしまえば、誰も使用ができなくなるので悪用は防げるだろうとなった。

――大きすぎる力は持たないのが一番だよね。と思うカインだった。

ケーキは、とても好評だったようで、カインはアイシャ、リディア、ビバリーからキラキラの笑顔で朝食時にお礼を言われた。

それを横目で見ていた、シールズ辺境伯が〝グッジョブ〟と親指を立ててウィンク付きでニカって笑うものだから笑いをこらえるのが大変だった。

レシピは料理長に渡してあるので今後、シールズ辺境伯宅では記念日などでケーキが提供されるだろう。何か発展したレシピなど今後増えたら教えてもらおうと考えるカインだった。

「カイン、領都内の石畳化はあとどのくらいで終わる予定だ？」

朝食後の香茶を飲んでいるとシールズ辺境伯がカインに質問をして来た。

「はい、あと三割ほどですので二週、いえ三週間の内には終わると思います」

「ふむ、予定通りだな。領都内の石畳化の後に橋の建設の予定だったな？」

「はい、その予定です。来週末位に視察を兼ねて一度現地を見に行きたいと思っています、早めに現状を確認して準備が必要な事などを確認しようと思っています」

「そうか、それでは提案じゃが。橋の隣にある村で二日ほどゆっくりしてくると良い、そろそろ名物のホワイトトトラウトが獲れる時期じゃしの」

「ありがとうございます、ホワイトトトラウトを味わうのが楽しみです」

――おおっ、良い感じで時間ができたな。これはザインさんを早めに送れそうだ、あとでバルビッシュに予定を聞いてきてもらおうっと。

「いい天気ですね、カイン様」

「そうですね、雨が降ると移動が大変ですからね」

カインは幌馬車の荷台に乗っているメリダさんと和やかに話をしていた。

今日は、橋の架け替えをする村までメリダさんを伴って移動している。シールズ辺境伯からの提案を利用して、橋の隣にあるブリッジ村に滞在中にザインとメリダを故郷へ送る予定だ。ザインは、メリダさんと故郷に戻りたかった為、今まで徒歩で戻る事をあきらめていたと教えてくれた。

用意の時間が短く難しいかと思われたが、ザインさんがいつでも出発できるように準備をあらかじめしていてくれたのでスムーズに運んだ。逆に大変だったのが、カイン達の方でドートンさんを始め整備局の人達が同行すると聞かなかったので説得に苦慮したほどだ。

でも何とか、視察だけで休暇も兼ねていると説得しカイン達四人とザインさん、メリダさんの六人で移動している。

架け替えをお願いされた橋とブリッジ村とは馬車で三〇分くらいの距離らしいので、今回の予定では行きと帰りで二日、視察を兼ねて二日の滞在で四日間の予定だ。

シールズ辺境伯領都からも近い為、ブリッジ村までの道は道幅も広く行商人や商人達の馬車とたまにすれ違う。

——帰りに石畳化をしてあげようかなぁ〜

そう思いながらカインは久しぶりの馬車の旅を楽しんでいた。


「カイン様、ブリッジ村が見えてきましたよ」

毛布に包まって寝ているカインをララが優しく揺り起こす。

「あっ、ごめん。寝ちゃってたよ」

目をこすりながら目を覚まし起こしてくれたララにお礼を言って、御者台の方に移動した。

御者台からブリッジ村の村壁が見えていた。シールズ辺境伯領都から近いとはいえ魔物が徘徊する世界なので、丸太を並べて作った村壁が左右に広がっていた。

「結構大きな村なんだね？」

「そうですね、ブリッジ村は村ですが四〇〇人程が住む交通の要所ですからね。小さな町と言ってもいいかもしれませんね」

一人馬で移動しているザインが御者台に近づきながら、カインに伝えた。

「ザインさんはブリッジ村に来たことがあるの？」

「はい、魔道具の販売と修理に年に数回来ていますね」

そんな事を話していると門番の所に馬車が付く。十数人が入村待ちの列を作っていた、カインは貴族なので優先して入る事もできたがあまり目立つのも良くないので順番を待つことにした。

カイン達の順番が回ってくると、ガーディがシールズ辺境伯に貰った通行書を見せる。門番達が通行書を見て、カインが貴族だと気づき驚愕し先導を始めようとしたので騒がれたくないのでと上役と思われる門番に伝えると「承知しました」とすんなり通してくれた。

村の中心にある高級そうな宿屋に移動し馬車を預ける。すでにウィル伯父上が手配をしてくれていたのですんなりと部屋を確保できた。ザイン達は別の宿に泊まる為、夕食は一緒に取る事にして別れた。

交通の要所の為かなかなか活気のある村だ。宿に移動する道すがら屋台などもあったので後で何が売っているか見て歩くのも良いかと思うカインだった。

〈了〉

特別収録
アリスと入学試験

王都に続く街道を一台の箱馬車が軽快なリズムを刻みながら進んでいる。王都まであと半日くらいの為、近隣の町や村から収穫した作物を背負い王都へ売りに行く人々や冒険者らしき集団が多く歩いていた。

「アリス様、馬車の操作も大分上達されましたね。ここまで上手にできれば街道での馬車の操車は大丈夫ですね」

上手に手綱を操り一定の速度で馬車を進めるアリスをランドルフが褒める。

「ありがとう、ランドルフ。先生の教え方が良いからだと思うわ」

その姿をまるで可愛い孫の成長を喜ぶ祖父の様な表情で、微笑みながらランドルフが見ている。王都へ続く街道はカインが整備したような石畳の道ではないが、轍もなくとても奇麗に整備されていた。しだいに街道は、右手に見える森を避けるように大きく右にカーブを描き始める。

「アリス様、ご覧ください。王都が見えてまいりました」

「えっ、どこどこ?」

ランドルフの言葉を聞いたアリスが少し顔を上げて先の方を眺める。ちょうど森が切れるあたりにとても高い街壁が見えてきた。

「あっ、あれね。すごい、お祖父様の街の壁も大きかったけどそれよりも大きいなんてっ!」

初めて見たその巨大な王都の街壁に驚きを隠せずアリスは思わず叫んでしまった。ランドルフから「アリス様」とたしなめられる。

王都の街壁が近づいてくると通行する人々が多くなってきた為、アリスは馬車の中に戻り旅装から貴族令嬢らしいドレスに着替えた。髪型も同行しているララに移動の為にポニーテールにしていた髪を編み込みのアップにしてもらった。

王都には街壁が三つあり、王城を含む貴族街を囲む第一門。王立学院や魔法学院、大商人達が住む街を囲む第二門。職人や一般の領民が住む街を囲む先ほどアリス達が通った第三門。王都全体では十万人の人々が暮らしている。第一門を無事に通り街中を馬車が進んでいく。

「ララ、やっぱり王都は人が多いね。見てみてあそこに、ララと同じ猫獣人の男の人がいるよ、ハンサムじゃない？　あっちには、エルフの女の人かな？　すごい美人ね？」

「アリス様、馬車の中とは言え人を指さすのは行儀が悪いですよ」

窓の外に見える大勢の人々をみてはしゃぐアリスを優しくララがたしなめた。

程なくして第二門が近づいてきた、第一門の時の様に特に確認もされないだろうと油断していたアリスは、急に馬車の扉をノックされ飛び跳ねるほど吃驚した。ララが冷静に返答をすると、衛兵が扉を開け丁寧にお辞儀をして馬車の中に乗っている人数を確認しお礼を述べ通してくれた。

「もう、びっくりしたわ。なんで、此処では人数確認があるのかしら？」

照れ隠しなのか、少し大きめな声で文句を言う。

「第二門内の街には、貴族様達も買い物や王都で滞在される際に使用される宿屋があるので、警備のレベルが高いのではないでしょうか」

アリスは何とか落ち着きを取り戻し「ふーん」と呟く。

馬車が佇まいは古いが、しっかりとした印象を受ける宿屋の前に停車する。馬車の扉がノックされララが「どうぞ」と返答すると、扉が開かれる。

ララが先に降り、一呼吸置いてアリスも馬車を降りると宿屋の前には、宿屋の主人らしき壮年の男性と数名のメイド達が出迎えてくれた。

「本日は、我がアレキサンドライトにお越しいただき誠にありがとうございます。従業員一同心から歓迎いたします。お風呂の準備をしております、長旅の疲れをお取りください」

「出迎えありがとう。しばらくの間お世話になります」

アリスは淑女らしい笑みを浮かべながら、宿屋の主人と出迎えに出ているメイド達にお礼を言った。そして案内のメイドの後について、滞在する部屋に向かった。

宿屋アレキサンドライトは、石造りの四階建てになっており一階は一般の宿屋の様にレストランが併設されていた。宿屋の中はとても明るく、大きな窓から陽の光が差し込みロビーを明るく照らしていた。中央に上階に上がる階段があり、紅色の絨毯が敷いてあった。

アリス達は三階の角部屋に案内される。入室すると広いリビングがあり右手にベッドルーム、左手にバスルームがあり『サンローゼ領の自室より豪華だわ』とアリスは心の中で喜んだ。案内のメイドが退出するとアップにした髪をほどき、ソファーに大の字に座る。

「アリス様、お気持ちは分かりますがもう少し自重願います。お湯が用意されていますので、旅の埃を落としましょう」

「えっー、もう少しゆっくりしたいよぉー」

「お湯が温くなってしまいます、お急ぎください」

「はぁーい……」

温いお湯に浸かるのは好きじゃないアリスは、大きなため息を付きながらララが待っているバスルームに向かった。ララに服を脱がせてもらい、髪から身体の隅々まで洗ってもらって旅の埃を落としてもらった。王都にあり、貴族も利用する宿屋だけあり用意されていた石鹸もとても泡立ちが良く爽やかな花の香りがした。

「ララありがとう。旅の疲れが汚れと一緒に流れていった気がしたわ。これで入学試験も落ち着いて受けられそうよ」

アリスはララに髪を乾かしてもらいながら、お風呂の感想を言った。

「それは、良かったです。サンローゼ領では、毎日お風呂に入っていましたので旅の間にご用意できず申し訳なく」

「もう、何を言っているの？　旅の途中でもお風呂に入るなんて、費用的にも安全面的にも無理なのは私でも分かるわ。サンローゼ家にもう少し余裕があれば帯同者も増やせて、ララ達の負担も減らせたはずなの。お礼言わなければならないのは、私の方だわ。本当にありがとう、ララ」

身体ごと振り向きララの目を真っ直ぐ見つめながらアリスがお礼を言った。ララは口元に手を当て「そんな事は……ありがとうございます」と震えながら言う。

髪を乾かし終わり、いつものツインテールに髪型をセットしてもらう。服装もシールズ辺境伯領に滞在時にアイシャに購入してもらった上品な服装に着替えた。着替え終わりソファーで少しくつろいでいると、扉がノックされ「アリス様、ランドルフでございます」と聞こえたので入室を許可した。

「アリス様、道中お疲れ様でした。本日は夕食を取ったら早めにお休みください」

「王立騎士学院への試験申し込みは、明日でいいのよね、ランドルフ？」

「はい、明日入学試験の確認を行い、明後日が筆記試験、その次の日が実技試験になります。そして一日あいて、合格発表になります」

「筆記試験は沢山勉強もしたし、移動中も復習をしたから自信があるけど……実技試験が心配だわ」

「アリス様であれば、大丈夫です。移動中のゴブリンとの初実戦も落ち着いて対応されてましたし、ご心配でしたら明日、ベンジャミン様とクリス様が来られると伝言がありましたのでお伺いしてみては？」

「本当!?　それは楽しみっ、うん。そうしてみるわ」

先程まで、少し落ち込んでいたアリスだったが兄達に会えると聞いて心配も吹き飛んだようだ。

その後、夕食を部屋で食べ、アリスはララに寝間着への着替えを手伝ってもらい、ベッドに入った。

しばらくもぞもぞとしていたが、旅の疲れもあってか直ぐに可愛い寝息を立てながら眠りについた。

アリスはランドルフとララを伴い、王立騎士学院へ向かった。王立騎士学院は、建国後すぐにできた歴史ある学院で重厚な佇まいの建物だった。入試試験の確認は驚くほどスムーズに終了し受験票代わりの金属製のプレートを渡された。

「アリス！　無事に申し込みは済んだかい？」

アリスが受験票を見ながら歩いていると、横からクリスの声が聞えた。

「クリス兄様、ベン兄様。お久しぶりです」

アリスがクリスの声が聞こえた方を向くと、ベンジャミンとクリスがにこやかに立っていた。ベンジャミンは王立魔法学院のローブ姿で眼鏡を掛けて、クリスは王立騎士学院の制服に短いマントを付けていた。

「本当は、宿の方に行こうと思っていたんだけど。早く会いたくて、ベン兄に王立騎士学院へ来てもらって待っていたんだ」

「それは、ありがとうございます。私も早く会いたかったです」

そう言ってアリスは二人に抱き着きに行った。ベンジャミンとクリスはそんなアリスを優しく受け止め久しぶりの再会を喜ぶ。

❖❖❖

「ふーん、実技試験が心配なんだ。アリスなら大丈夫だと思うけど、年越しの日に戻った時の状態でも問題ないと思ったけどなぁ～」

クリスはアリスから実技試験の事について質問され答える。

「クリス、そう言わずに見てやったらどうだ？　その方がアリスも安心するという物だ」

ベンジャミンが不安気にしているアリスの頭を撫でながら言う。

「それじゃ、少し立ち会ってみようか？　今のアリスの実力を見てからアドバイスするよ」

「ありがとうございます、クリス兄様」

アリス達は、クリスが騎士学院内で鍛錬に使用している演習場に移動した。入学試験が実施される今週は学院生の授業等もなく休みの為、開いているとの事だった。

「じゃあ、まず普通に打ち合ってみようか？　一〇本くらいでいいかな？」

「はい、お願いします」

クリスとアリスは三ｍくらい間を空けた位置で、木剣をお互いに構える。アリスはジリジリと距離を詰め、二ｍ位の距離になって一気に上段から切りかかった。クリスは右に半歩横に身体をずらすだけでアリスの剣を躱すと同時に首に突きを入れて寸止めをする。気づくと首に突き付けられている剣先を見てアリスは「参りました」と呟き一歩後ろに下がる。

「アリス、遠慮はいらないから全力でかかっておいで」

「はい、お願いします」

アリスは「す」の発言と共に身体強化のスキルを発動して下段から胴をめがけて切りかかる。クリスは特に慌てる事もなく、木剣を縦にしてアリスの斬撃を受け止める。受け止めた力を利用し身体を回転させて水平に木剣を振り胴に当たる手前で止めた。

その後も、全力でアリスはクリスに切りかかるが一度も当てる事ができなかった。

「はぁはぁ、ありがとうございました」

「お疲れ様、最後三本は危なかった。アリスの剣筋に慣れてなければ取られてたね」

疲労困憊で落ち込んでいるアリスの頭を撫でながら、クリスはアリスをほめた。

「これだけ、動ければ実技試験ではトップ10に入るんじゃないかな？　短期間でこんなに急成長するなんて凄いね。はぁー、もうちょっと真面目に訓練するかな？」

クリスの言葉を聞いてアリスは嬉しくて泣き出してしまった。なぜアリスが泣き出したのか全く分からずクリスはおたおたして、ベンジャミンに助けを求めるのであった。

「もう、急に泣き出すからびっくりしたよ。どこか怪我でもさせちゃったか本気で心配したんだからね。」

「ごめんなさい……でもありがとうございます。これで自信を持って実技試験を受けられます」

「じゃあ、少しだけアドバイスするね……」

クリスは実技試験の為のアドバイスをアリスに耳打ちする。アリスは真剣にそのアドバイスを聞き「はい」とか「そうですね」とか返事をしていた。

次の日の朝、王立騎士学院の門の前には数台の馬車が止まっており受験生らしい子供達が家族や従者達に見送られている。
「それじゃ、ランドルフ、ララ行ってきます！」

「「いってらっしゃいませ」」

ランドルフとララから元気に送り出されてアリスは、筆記試験会場がある教室へと向かった。今年は入学希望者が多いのか三教室での受験であった。一教室に三〇人くらいの受験生が机に座って準備をしていた。男女比は、大体五：一くらいであった。これなら友達が沢山できそうだと思いながらアリスは教室の入口で指示された席に座った。

筆記試験の科目は、歴史、算数、国語の三教科でそれぞれ一時間程だ。問題用紙と答案用紙が配られ監督官の合図と共に一斉に受験生達が問題を解き始める。

――あっ、ここれは以前解いた問題だわ。こちらは、ベン兄様の確認項目にあったわ。

アリスは特に詰まる事なく、問題を解いていき勉強の成果が出たとても満足した気持ちで試験会場を出た。

「おい、お前なんかが何で、騎士学院を受験しているんだぁ？　バレル？」

校門へ足取りも軽くアリスが向かっていると、誰かを罵倒している声が聞こえてきた。声の方を見ると少し背の低く、コロンとした体形の男子を三人の男子が囲んでいた。

「そ、それは、我が家は代々騎士団に入団して王都を守って来たし、僕も盾術のスキルを授かったから……」

「盾術？　お前にそんなスキルがあったって、盾を持つ力が無ければ意味ないだろう？」

三人の男子の中で背の高い、男子がバレルと呼んでいる男子の方を押した。そのはずみでバレルは、後ろに転がる様に倒れてしまう。

「ほーら、ちょっと触っただけで倒れるやつが騎士団になんて入れるか！」

「「そうだ、そうだ」」

取り巻き達も転んだバレルをみて馬鹿にし始めた。

「ほう、触っただけで倒れたら騎士団には入れないのか？」

いつの間にか、バレルを押した男子の隣には赤い燃える様な長髪の女性が立っていた。そして、彼女がバレルを押した男子の方をトンッと押すと男子は大きなハンマーでたたかれた様に数メートルも後ろに吹き飛んだ。

「貴様、何をする。俺がモータル伯爵家の嫡男と知っての事か？　ゆるさんぞ」

「ふむ、何を言っている？　この王立騎士学院内では、身分の差など関係ない。どれだけの武力があるか、それを振るう知力が備わっているかが重要なのだが？」

「うるさいっ！　父上に言いつけてやるから、名前を名乗れ!!」

「良いだろう、私はスカーレット＝カタルーニャだ」

「「えっ！」」

女性の名前を聞いてその場にいた全員が固まる。カタルーニャと言えば〝王国の壁〟の二つ名を持つ伯爵家で代々第一騎士団の団長を務めるほどの実力者を輩出している武門の名家だ。そして何より、彼女スカーレットは、在学中でありながら〝プロミネンス〟の異名を持つ実力者だった。

「でっ？　どうする？」

「ひぃっ、きょ、今日の所は無かった事にしてやる。お前達行くぞ」

訳の分からない事を言いながら三人は文字通り逃げる様にその場を去っていった。

「バレル君。大丈夫かい？　あんな連中気にする事はない、在学中に強くなればいい。一緒に学べる事を楽しみにしているぞ」

スカーレットは、バレルに声を掛けながら立ち上がらせた後、その場を離れていった。

――きゃー、なんてカッコ良いの！　あの方の様に私もなれるかしら？

アリスは叫びたいのを一生懸命に堪え、去っていくスカーレットを見送った。

次の日、昨日の興奮がまだ冷めないアリスは王立騎士学院の敷地に入るとスカーレットがいないかキョロキョロしながら、実技試験会場に向かう。実技試験は一人二回対戦し教官が点数をつける方法で試験がされる。特に勝ち負けではなく、入試までの鍛錬を見ると申し込み時に説明がされた。

対戦はくじ引きで用意ができた受験生からくじを引き対戦相手が決まる。勝負は有効打が一本決まれば終了し、使用する剣も柔らかい木剣を使うため怪我も少なく連戦が可能になっていた。

「三四番」アリスの受験番号を教官が読み上げた。

「さて、次は私の番ね」

アリスは待機室の扉前に進み受験票を見せた。アリスは渡された木剣を握り目を閉じ集中をした。

「三四番、進め」教官が扉を開けて外に出る様に指示をする。待機室を出ると一昨日クリスと訓練をした演習場だった。

「三四番は、右端の試験会場だ。まだ戦闘中だから少し離れて待っている様に」

外にいた別の教官がアリスの受験番号を確認すると、試験会場を指さして教えてくれた。アリスは「はい」と返事をしてゆっくりと試験場へ移動した。

前の試験が終わり、アリスは開始位置まで移動する。対戦相手も同じように開始位置まで移動してきた。

「なんだ、女子か？　怪我をしない様に一撃で決めてやるから動くなよ」

よく見ると昨日モータル伯爵家の嫡男と言っていた受験生だった。アリスは対戦相手の言葉を無視し木剣を鞘に納める様な構えを取る。そして身体強化のスキル使用し力を溜めた。

「始め！」

教官の言葉と共にアリスは溜めていた力を解放し、対戦相手の右横を通り過ぎながら胴を一閃した。対戦相手は「えっ？　ぐふ」と言った後に前のめりに倒れる。

「三四番、一本。待機室に戻れ」

アリスは開始位置まで戻り「ありがとうございました」と言ったあと試験会場を後にした。

――やった！　作戦勝ちね。クリス兄様に言われた様に開始前に身体強化のスキルを発動させて力を溜め、一撃で倒す。気持ち良かったわー、でもあの子大丈夫かしら？　ま、いっか。

二回目も同じように開始と同時にすれ違いざまに攻撃し一撃で倒した。あっけなく終了してしまい少し戸惑ったが、無事に終了したので借りていた木剣を返し試験場を後にした。

「三四番の君？」

アリスが門に向かって歩いていると、後ろから声を掛けられた。振り向くと会いたいと願っていたスカーレットが立っていた。

「実技試験を見せてもらったが、とても良かったぞ。入学したらぜひ学生騎士団の入団試験を受けて欲しい。待っているからな」

憧れの人に声を掛けられた嬉しさでアリスは飛び上がって喜んだ。

――絶対に！　学生騎士団に入って、スカーレット様と一緒に戦うんだ――。

〈特別収録／アリスと入学試験・了〉

あとがき

お久しぶりです、こんにちは。

また、初めての方、布袋三郎です。この度は、「異世界領地改革3　～土魔法で始める公共事業～」をお手に取っていただき、大変ありがとうございます。

「異世界領地改革」もうすでに3巻です。新しいカインの物語をお届けできた幸運に毎度ながら感謝しかありません。全て本を手に取って読んでいただけた読者の皆様のおかげです。本当にありがとうございます。

3巻のカインは、やり残したシールズ辺境伯領での仕事を完遂する為にサンローゼ領の仕事を頑張りました。少しでも領民のみんなが幸せを感じられる様に、地球の知識を活用して頑張っています。やろうとしている事が結構大がかりの為、できるまでの悪戦苦闘している様子がうまく伝わっていればと思うばかりです。

帯にもありますが、コミカライズまでカインの活躍が広がりました！　作画はさくら夏希先生です。可愛いキャラクターデザインは言うに及ばず、カイン達が動き回っているのに感動しかありませんでした。ぜひ、コミカライズ版のカイン達も応援していただければ幸いです。

今回の特典ＳＳは、王都の王立騎士学院へ行ったアリスの入学試験の様子を書かせていただきました。カインに劣らず凄く好きなキャラクターなので、機会があるごとにアリスの頑張っている様子をお伝えできればと考えています。

最後に、いつも適切なアドバイスを授けていただく、ご担当E様本当にありがとうございます。2021年現時点、COVID-19がまだまだ予断を許さない状況中のサポートに感謝しかございません。そして、いつも書面でしかお伝えできず申し訳ございませんが、一二三書房の皆々様、印刷のご担当者様、書店までの流通を担っていただいた皆様、書店でこの本を並べていただいた皆様に深く御礼申し上げます。

最後の最後に、このあとがきまで読んでいただいているあなたのご健康とご活躍をお祈りしつつ、最上級の謝辞を申し上げます。ありがとうございます!!!

布袋三郎

「異世界領地改革　~土魔法で始める公共事業~」コミカライズはこちらから!

異世界領地改革 3
～土魔法で始める公共事業～

発 行
2021 年 7 月 15 日 初版第一刷発行

著 者
布袋三郎

発行人
長谷川 洋

発行・発売
株式会社一二三書房
〒 101-0003 東京都千代田区一ツ橋 2-4-3 光文恒産ビル
03-3265-1881

デザイン
erika

印 刷
中央精版印刷株式会社

作品の感想、ファンレターをお待ちしております。
〒 101-0003 東京都千代田区一ツ橋 2-4-3 光文恒産ビル
株式会社一二三書房
布袋三郎 先生／イシバシヨウスケ 先生

Printed in japan, ISBN 978-4-89199-719-9
※本書は小説投稿サイト「小説家になろう」（http://syosetu.com/）に
掲載された作品を加筆修正し書籍化したものです。